César Mallorquí

Das Kreuz von Eldorado

César Mallorquí wurde 1953 in Barcelona geboren
und ist in Madrid aufgewachsen, wo er heute noch lebt.
Seine erste Erzählung veröffentlichte er mit 15 Jahren.
Er hat als Journalist und in der Werbebranche gearbeitet.
Seit 1991 ist er freiberuflich Schriftsteller.
Seine Jugendbücher wurden vielfach ausgezeichnet.

Von César Mallorquí sind
in den Ravensburger Taschenbüchern
außerdem erschienen:

RTB 58174
Der letzte Auftrag des Señor Luna

RTB 58199
Die Kathedrale des Teufels

César Mallorquí

Das Kreuz von Eldorado

Aus dem Spanischen
von Verena Kiefer

Illustrationen von L. Ghepetto

Ravensburger Buchverlag

Als Ravensburger Taschenbuch
Band 58160
erschienen 2001

Die Originalausgabe erschien 1999
bei Edebé, Barcelona
unter dem Titel »La cruz de El Dorado«

Paseo San Juan Bosco, 62
08017 Barcelona
www.edebe.com

Umschlagillustration: Dieter Wiesmüller

Die Karte auf Seite 219 stammt
von Hauke Kock

Printed in Germany

Die Schreibweise entspricht den Regeln
der neuen Rechtschreibung.

2 3 4 5 6   09 08 07 06 05

ISBN 3-473-58160-7

www.ravensburger.de

INHALT

Danksagung

Vor einigen Jahren hatte ich das Glück, Kolumbien besuchen zu können, ein Land, das mich auf Grund seiner Schönheit, seiner Exotik, der wunderbaren Sprache, die man dort spricht – vielleicht das reinste Spanisch auf der ganzen Welt –, und wegen der Herzlichkeit seiner Bewohner faszinierte. Obwohl ich persönlich Gelegenheit hatte, die Schauplätze dieser Geschichte kennen zu lernen, schulde ich den Geschwistern Diana Rocío und Mario García Delgadillo sowie Farid García Alonso großen Dank.
Sie besaßen die Freundlichkeit, das geografische Material beizusteuern, das ich benötigte, um diesen Roman zu schreiben. Ebenso gilt meine ewige Dankbarkeit María José Álvarez, die wie immer als Erste das Manuskript las und mir half es zu korrigieren.
Ihnen allen vielen Dank.
C. M.

Dieses Buch ist der Erinnerung an
Carlos Euba gewidmet.
Und Jaime und Íñigo. Und Victoria.

ERSTES KAPITEL

In dem erklärt wird, wer ich bin
und wie mich das unberechenbare Schicksal
nach Übersee führte

Bevor ich diesen Bericht beginne, muss ich den ahnungslosen Leser darauf aufmerksam machen, dass es in meiner Geschichte nichts Lehrreiches oder Beispielhaftes gibt, sondern eher das Gegenteil, denn es handelt sich um eine Chronik, in der Habgier und Betrug vorherrschen.

Obwohl man, bei näherer Betrachtung, aus einem schlechten Beispiel stets gute Lehren ziehen kann. Wie mein Vater zu sagen pflegte: »Wenn du einen Menschen von Grund auf kennen lernen willst, vergiss nicht, die Liste seiner Sünden zu überprüfen.«

Letzten Endes handelt mein Bericht genau davon: von meinen Sünden, von meinem maßlosen Ehrgeiz und von den unglaublichen Abenteuern, in die ich mich dank meines Wirrkopfes verstrickt sah.

Sicherlich hatte der Zufall viel mit den seltsamen Wegen zu tun, auf denen mein Leben in jener Zeit verlief, die jetzt so fern ist. Wer hätte gedacht, dass eine Bibel mehr als das Wort Gottes enthalten könnte? Und wie hätte ich ahnen können, dass die zufällige Begegnung mit einem alten Säufer auf lange Sicht eine so große Bedeutung haben würde?

Ja, Freunde, die Launen des Schicksals waren schuld daran, dass sich meine Schritte mit denen eines geheimnisvollen Mörders kreuzten, und sie veranlassten mich auch dazu, die berauschenden Städte, die im Schoße der Karibik ihre Mittagsruhe halten, zu verlassen, um Urwälder und Wüsten, sonnenverbrannte Ebenen und Berge so hoch wie der Himmel zu durchqueren.

Aber ich greife den Ereignissen voraus. Damals hatte ich weder etwas von Don Íñigo de Saavedra noch von dem wunderbaren Kreuz von Eldorado gehört, sodass ich diesen Bericht besser am Anfang beginne als am Ende: Ich heiße Jaime Mercader und ich wurde am 21. Juni 1887 in Aranjuez geboren, einem Dorf der Provinz Madrid, an das ich nicht die geringste Erinnerung bewahrt habe, weil ich schon in allerfrühester Kindheit von dort wegging.

Meine Mutter, Dolores Espina, lernte ich nie kennen, aus dem einfachen Grund, weil sie meinen Vater verließ, als ich gerade elf Monate alt war. Obwohl mein Vater niemals ausführliche Erklärungen dazu abgab, habe ich daraus schließen können, dass ich heimlich empfangen worden war, ohne dass meine Eltern vorher den Weg zum Pfarramt gefunden hätten. Offensichtlich arbeitete meine Mutter, zu diesem Zeitpunkt ein junges Mädchen von sechzehn Lenzen, als Zofe am königlichen Hof von Aranjuez, als sie schwanger wurde. Sobald man von ihrem Zustand erfuhr, wurde sie unverzüglich entlassen, und das gleiche Schicksal ereilte meinen Vater, damals ein stattlicher Bursche von siebzehn Jahren, der in den königlichen Ställen beschäftigt war.

Die Familien meiner beiden Erzeuger gerieten in Wut, als sie von der unerwarteten Schwangerschaft in Kenntnis gesetzt wurden. Also richtete man eine schnelle Hochzeit aus und alle taten so, als sei nichts dabei. Später – das lag in der Natur der Sache – wurde ich dann geboren.

Aber in den Plänen der jungen Dolores war frühe Mutterschaft nicht vorgesehen. Im Gegenteil hegte sie lange Zeit die Hoffnung, ihre Stelle am königlichen Hof von Aranjuez gegen eine andere am Hof von Madrid einzutauschen. Sie war zweifelsohne eine Frau von weltbürgerlichem Geist, und sich vom Palast vertrieben zu sehen, musste für sie eine große Enttäuschung bedeuten. Obwohl es vermutlich noch schlimmer war, plötzlich an einen Ehemann und den Säugling, der ich zu jener Zeit war, gefesselt zu sein.

Daher verschwand Dolores Espina eines schönen Tages aus Aranjuez und man hörte nie wieder etwas von ihr. Später empfand ich einen gewissen Groll – sie hatte schließlich auch mich verlassen, oder etwa nicht? –, aber eines Tages setzte mich mein Vater vor sich hin und sagte: »Deine Mutter besaß die Hellsichtigkeit sich von mir fern zu halten wie die gewitzte Katze vom heißen Wasser. Und das, mein Sohn, ist kein Zeichen von Schlechtigkeit, sondern von Intelligenz. Vergiss das nie.«

Tatsache ist, dass sich mein Vater von diesem Zeitpunkt an um meine Pflege und Erziehung kümmerte. Ein Jahr lang vertraute er mich einer Amme an. Dann meinte er in

Madrid bessere Zukunftsaussichten zu haben, packte die Koffer, nahm mich auf den Arm und wir bestiegen gemeinsam den Zug, der in die Hauptstadt des Königreiches fuhr.

Vermutlich ist jetzt der Augenblick gekommen, von meinem Vater zu sprechen. Er hieß Fernando Mercader und war in Seseña geboren worden, einem Dorf in der Nähe von Aranjuez. Er war ... Wie soll ich das erklären, damit es nicht allzu hart klingt? ... Kurz und gut, es wird sich nicht gut anhören, ganz egal, wie ich es erzähle, daher werde ich es ohne Umschweife aussprechen: Mein Vater war ein Glücksspieler, ein Betrüger, ein Schwindler, ein Gauner, ein Scharlatan und ein Lügner, neben vielen anderen Dingen ähnlicher Art. Ich sage das nicht aus Bosheit, sondern weil es der Wahrheit entspricht. So war nun mal der Beruf meines Vaters: Er verdiente seinen Lebensunterhalt mit Spielkarten oder indem er seine Mitmenschen übers Ohr haute, sich dem Schmuggel widmete oder irgendeiner anderen Tätigkeit, die ein paar Schritte über die Grenze hinausging, die die Gesetze ziehen.

Schon vor meiner Geburt war Fernando Mercader für seine Schläue und Intelligenz bekannt, aber auch für seinen Leichtsinn. Obwohl er noch sehr jung war, beteiligte er sich häufig an illegalen Glücksspielen, wettete auf der Pferderennbahn und organisierte heimliche Boxkämpfe. Später, als seine Ehe gescheitert war, ohne Beruf und Arbeit, mit der Verantwortung für ein Baby und ohne jegliche Zukunft,

beschloss er ein Jahr – das Jahr, das ich unter der Obhut einer Amme verbrachte – der Vervollkommnung seiner Fähigkeiten zu widmen. Danach, als er schon ein professioneller Falschspieler war, zogen wir nach Madrid, neuen Horizonten entgegen.

Zweifellos beherrschte mein Vater diesen speziellen Beruf, den er gewählt hatte, denn dank seiner Erfindungsgabe und seiner geschickten Finger gelang es uns, über zehn Jahre lang in angemessenem Wohlstand in der Hauptstadt zu leben. Bis der Marquis de Bretanville unseren Weg kreuzte ... Aber ich will nicht vorgreifen.

Wenn ein Mensch durch Übertretung der Gesetze zum Verbrecher wird, dann war mein Vater ein Verbrecher. Aber er wendete niemals Gewalt an und bereicherte sich nicht auf Kosten der Schwächsten. Im Übrigen war er ein Mann angenehmen und heiteren Benehmens, er sprach weder dem Alkohol zu noch verursachte er Skandale, und was mich betraf, war er immer zärtlich und aufmerksam, schlug mich nie und ließ zu keinem Zeitpunkt zu, dass es mir am Notwendigsten fehlte. Meiner Ansicht nach war er der beste Vater, den sich ein Junge wünschen kann.

Eine Schule betrat ich nie, aber in Bezug auf meine Erziehung erwies sich mein Vater als unbeugsam. Er selbst war Autodidakt und ohne eine bestimmte Reihenfolge einzuhalten brachte er mir Lesen und Schreiben bei, ein bisschen Latein, Englisch und Französisch, viel Geografie, Grundkenntnisse in Kunst und Philosophie und vor allem Mathematik. »Zahlen regieren das Universum ebenso wie die Spielkarten, vergiss das nicht«, pflegte er zu sagen.

Neben einer eher konventionellen Erziehung gab sich mein Vater große Mühe, mich in die Geheimnisse seines Gewerbes einzuweihen. Er brachte mir alle Kartenspiele bei, die er kannte, und das waren nicht gerade wenige. Außerdem erklärte er mir, wie man bei jedem von ihnen am besten betrog. Er lehrte mich, die Möglichkeiten eines Rennpferdes oder eines Windhundes einzuschätzen. Er zeigte mir, wie man sich gewandt in einem Kasino bewegt. Er brachte mir bei, die menschliche Psyche zu erfassen. Schließlich und endlich stattete er mich mit all jenem Wissen aus, das ein Gauner benötigt, um seinen Beruf mit Geschick auszuüben.

Mir ist bewusst, dass dies möglicherweise Befremden hervorruft, aber ihr müsst versuchen den Standpunkt meines Vaters zu verstehen. Er wusste, dass Leute unserer Klasse und Herkunft den untersten Platz auf der sozialen Leiter einnehmen und dass es nur eine einzige Möglichkeit gibt, in dieser Welt zu überleben – nämlich schlauer zu sein als die anderen. Daher bemühte er sich mir das beizubringen, was er am besten konnte: die Kunst des Betrugs und der Heuchelei.

Mein Vater legte jedoch besonderen Wert darauf, mich auch mit einer umfassenden Allgemeinbildung auszustatten. Ich erinnere mich, dass er zu sagen pflegte: »Die menschlichen Leidenschaften machen uns alle gleich, der Unterschied liegt im Benehmen. Zwischen einem Knecht und einem vornehmen Herrn gibt es keine deutlichere Grenze als das Auftreten. Nach dem Essen rülpst ein Knecht wie ein Stierkalb; der vornehme Herr hingegen führt eine Hand zum Mund und täuscht einen Husten vor. Die Rülpser sind gleich, sie unterscheiden sich lediglich in der Eleganz der Geste. Bilde dich, Jaime, mein Sohn, und lerne, ein Chamäleon unter den vornehmen Herren zu sein.«

Daher brachte mein Vater, als ich kaum neun Jahre alt war, das komplette Werk Shakespeares ins Haus und zwang mich, es in alphabetischer Reihenfolge zu lesen. Später fuhr ich mit Cervantes und Quevedo, mit Milton und Dante fort. Ich geriet in einen wahren Lektürestrudel, der mir im Grunde nicht unangenehm war, und mischte den *Lazarillo de Tormes* mit den neuesten Romanen von Galdós, *Die Legenden* von Bécquer mit den Feuilletons von Dumas.

Während ich unermüdlich las und gleichzeitig meine Finger darin übte, eine Münze zwischen ihnen kreisen zu lassen, verdiente mein Vater unseren Unterhalt. Er pflegte sich in Spielhöllen aufzuhalten oder an heimlichen Pferdewetten zu beteiligen und von Zeit zu Zeit legte er jemanden herein. Wir lebten nicht im Luxus, aber wir litten auch keine Not.

Bis mein Vater eines Vormittags im Dezember in der kleinen Mietwohnung auftauchte, die wir im Chamberí-Viertel bewohnten, und sich in offensichtlicher Eile daran machte, die Koffer zu packen. Ich fragte ihn, was geschehen sei, und er antwortete mir: »Wir gehen weg, Jaime; pack deine Sachen und halte dich nicht lange auf, wir haben es eilig.«

Wir gingen weg? Wohin? Wann? Und warum? Mit der Unruhe und dem Ungestüm, die der Jugend eigen sind, brachte ich jene Fragen vor, und schließlich kam mein Vater zu mir und sagte mit großem Ernst: »Jaime, ich werde dir eine Fabel erzählen: Es war einmal ein sehr schlauer Fuchs, der die meisten Kaninchen und Hühner zu fassen bekam. Er war ein so guter Jäger, dass er allmählich von sich glaubte, der König der Räuber zu sein. Und da fragte er sich, warum er sich mit Kaninchen und Hühnern begnügte; wenn er so schlau war, konnte er doch nach bedeutenderer Beute streben. Daher zog er eines schönen Tages aus, um einen Löwen zu jagen. Es erübrigt sich fast zu erzählen, wie die Geschichte endete. Der Fuchs wurde auf Grund seines maßlosen Ehrgeizes übel zugerichtet. Kurz und gut, mein Sohn, dein Vater ist ein Fuchs, der zu schlau sein wollte, und unter diesen Umständen ist es das einzig Vernünftige, den Schwanz einzuziehen und Reißaus zu nehmen. Mit anderen Worten, lass uns nicht noch mehr Zeit verlieren und die Koffer packen.«

Noch am selben Vormittag bestiegen wir einen Zug in Richtung Süden. Während der Fahrt kam mein Vater nicht wieder auf die Gründe unserer Flucht zurück, und weil ihm das Thema offensichtlich großes Unbehagen bereitete, fragte ich auch nicht weiter.

Viel später erfuhr ich, dass mein Vater, gelangweilt von den kleinen Gaunereien, beschlossen hatte, sich auf ein Unternehmen größeren Kalibers einzulassen. Dafür hatte er einen Aristokraten französischer Herkunft auserkoren, den Marquis de Bretanville, den er betrügen wollte, indem er ihm einige Grundstücke verkaufte, die ihm nicht nur nicht gehörten, sondern die noch nicht einmal existierten. Der Marquis entdeckte jedoch den Schwindel und geriet in heftige Wut – mit dem Erfolg, dass sich mein Vater gezwungen sah, umgehend zu fliehen, sowohl vor der Justiz als auch vor den Schergen, die der rachsüchtige Marquis angeheuert hatte, um ihn zu töten.

Das war also der Grund für jene unvermittelte Reise nach Cádiz und der Anlass dafür, dass wir uns auf dem ersten Überseedampfer einschifften, den wir fanden. Denn als mein Vater sagte, wir gingen weg, bezog er sich nicht nur auf Madrid, sondern auf Spanien. Unser Schiff hieß *Covadonga* und unser Ziel war Amerika, die Neue Welt.

Ich war damals dreizehneinhalb Jahre alt und den Übergang vom 19. zum 20. Jahrhundert erlebte ich auf hoher See.

ZWEITES KAPITEL

In dem von meiner Begegnung mit einem Mörder erzählt wird sowie von den schrecklichen Zwischenfällen, die sich am Ende unserer Reise ereigneten

Die *Covadonga* war ein Dampfer, der sowohl Waren als auch Passagiere beförderte. Er war 1898 von den Werften in Glasgow zu Wasser gelassen worden und maß einhundertzweiundzwanzig Meter in der Länge und fünfzehn Meter in der Breite. Er bewegte zwölftausendfünfhundert Tonnen und konnte eine Geschwindigkeit von maximal zwölf Knoten erreichen.

Das Schiff zählte sechsundachtzig Besatzungsmitglieder und obwohl es eintausendzweihundert Passagiere transportieren konnte, hatten wir nur achthundertzweiunddreißig Personen an Bord, als wir schließlich in See stachen. Auch wenn natürlich nicht alle auf dieselbe Weise reisten.

Es gab vier Klassen. Die Passagiere der ersten nahmen das Hauptdeck ein, in Kabinen mit vier Plätzen und Badezimmer. Die zweite Klasse befand sich in den zentralen Aufbauten des Schiffes. Die Kabinen der dritten, in denen acht Personen Platz hatten, lagen vorn und achtern. Das untere Ende auf der strengen sozialen Leiter des Dampfers belegten die Emigranten, die die Zwischendecks der Laderäume bewohnten, so gut es ging in langen Reihen von Metallkojen untergebracht.

Offensichtlich hatte mein Vater nicht nur keinen Heller mit seinem misslungenen Betrug am Marquis de Bretanville verdient, sondern auch noch einen großen Teil seiner Ersparnisse in dieses Geschäft investiert, was ein enormes Loch in unsere Haushaltskasse gerissen hatte. Daher richteten wir uns in den voll gestopften Zwischendecks der untersten Klasse ein, wobei sich jedoch der Preis dieser Überfahrt trotz der bescheidenen Unterkunft auf die Kleinigkeit von fünfundsechzig Peseten belief, eine zu jener Zeit nicht zu verachtende Summe.

Wir verließen den Hafen von Cádiz am Morgen des fünfzehnten Dezember des Jahres 1900 in einem Meer flatternder Taschentücher und unter lang anhaltenden Sirenentönen. Eine weiße Dampfwolke quoll aus dem einzigen Schornstein des Schiffes wie die Haarpracht eines alten Mannes, die im Wind weht.

Am siebzehnten Dezember erreichten wir die Kanarischen Inseln. Am neunzehnten liefen wir Santa Cruz de Tenerife an und am einundzwanzigsten ließen wir den letzten spanischen Hafen auf unserer Überfahrt hinter uns und nahmen Kurs auf San Juan de Puerto Rico, unseren ersten Anlaufhafen auf dem amerikanischen Kontinent.

Obwohl wir erst sechs Tagesreisen hinter uns hatten, war vollkommen klar, dass sich die Bedingungen, unter denen wir reisten, sehr von denen unterschieden, die man für eine Vergnügungskreuzfahrt wählen würde. Von den achthundertzweiunddreißig Passagieren der *Covadonga* stapelten sich sechshundertsiebzehn auf den Decks, die für die Emigranten bestimmt waren, was zur Folge hatte, dass man auf jegliche Privatsphäre verzichten, dafür aber unendliche Wärme, Lärm und menschliche Ausdünstungen ertragen musste. Nachts hinderten uns das Schnarchen der Erwachsenen und das Weinen der Kinder daran, einschlafen zu können, und tagsüber herrschte ein solches Treiben, dass man keinen Schritt machen konnte, ohne mit jemandem zusammenzustoßen.

Das Essen war gar nicht so schlecht: Der erste Gang bestand Tag für Tag aus einem Eintopf von Hülsenfrüchten – und das beeinflusste zweifelsohne die Menge der Blähungen, die wir ertragen mussten –, fünfmal pro Woche gab es Fleisch und sonntags Nachtisch. Aber das Mittagessen im Speisesaal der Emigranten mit seinen großen Holztischen und endlos langen Bänken, die immer gedrängt voll waren, erwies sich als eine wenig angenehme Angelegenheit.

Daher fasste mein Vater den Entschluss, die Bedingungen unserer Reise im Rahmen des Möglichen zu verbessern. Gegen Abend des einundzwanzigsten Dezember, als wir die Kanarischen Inseln hinter uns ließen und das Schiff Kurs gen Westen nahm, kam er mit einem kleinen Koffer in der Hand zu mir und sagte: »Ich werde ein wenig Geld verdienen gehen, Jaime. Komm mit.«

Ich folgte ihm zu einem der Laderäume und war dort in aller Abgeschiedenheit Zeuge einer seiner stets verblüffenden Verwandlungen. Er legte den Kordanzug ab, den er trug, und entnahm seinem Handkoffer einen Cut in tadelloser Ausführung, ein Seidenhemd und ein paar glänzende Lackstiefel. Sobald er derart gekleidet war, klebte er sich einen künstlichen Spitzbart und einen Schnauzer an und sorgte mit Talkumpuder für graue Haare. Als er fertig war, sah er aus wie ein begüterter Gentleman und wirkte rund fünfzehn Jahre älter, als er in Wirklichkeit war.

»Lass das nicht aus den Augen, Jaime«, sagte mein Vater und reichte mir seine alte Kleidung. »Ich werde heute spät zurückkommen, bleib also nicht wach, um auf mich zu warten.«

Daraufhin verließ er den Laderaum und huschte verstohlen, einem Schatten gleich, zum Deck der ersten Klasse. Mein Vater pflegte zu sagen, es sei sehr viel leichter, einen Armen um sein Geld zu erleichtern als einen Reichen. »Jedoch«, fügte er hinzu, »braucht es viele Arme, damit man eine akzeptable Summe erzielt. Und außerdem – sich auf Kosten derjenigen zu bereichern, die sowieso schon am Hungertuch nagen, macht einen zur übelsten Sorte Schmarotzer, die es überhaupt gibt. Es ist besser, einen passenden Reichen auszuwählen und ihn auf elegante Art und Weise um einen Teil seines Geldes zu bringen. Die Reichen haben es nicht besser verdient.«

Ich glaube, mein Vater hatte nach einer schnellen – und nicht sehr ergiebigen – Lektüre des *Kommunistischen Manifests* ein eigentümliches Konzept der sozialen Gerechtigkeit entwickelt, das es ihn als revolutionären Akt betrachten ließ, die Mächtigen zu bestehlen. Jedenfalls habe ich ihn niemals dabei beobachtet, dass er diejenigen betrog, die das Glück benachteiligt hatte. In jener Nacht jedoch würde er sehr wohl die betrügen, die sich den Luxus erlauben konnten, mehr als tausend Peseten auszugeben, um in der ersten Klasse zu reisen. Mein Vater würde vorgeben, Geschäftsmann zu sein, Kontakt mit drei oder vier begüterten Passagieren aufnehmen, ein paar Gläser mit ihnen trinken und, wenn der rechte Moment gekommen sein würde, eine Partie Karten unter Freunden vorschlagen, »nur so gegen die Langeweile«. Erratet ihr, wer gewinnen würde? Ich schon.

Um mir die Zeit zu vertreiben, während mein Vater arbeitete, legte ich mich in die Koje und machte mich daran, die *Odyssee* des alten Homer zu lesen. Allerdings konnte ich mich kaum eine Stunde lang der Lektüre widmen, denn die Passagiere der vierten Klasse kehrten in ihre Schlafräume zurück, sobald es dunkel wurde.

Jene armen Emigranten, fast alle aus Asturien oder Andalusien, waren brave Leute, aber ihre hygienischen Gewohnheiten schienen Seife nicht als grundlegende Notwendigkeit einzuschließen. Außerdem machten sie offen gesagt einen Heidenlärm. Weil ich nicht in der Stimmung war, ein weiteres Heul- und Furzkonzert zu ertragen, verließ ich den voll gestopften Schlafraum und machte einen Spaziergang auf dem Unterdeck.

Es war eine wunderbare Nacht. Der Himmel war mit Sternen übersät und der riesige Mond, der sich im zunehmenden Viertel befand, schwebte dicht über dem Horizont wie eine orangefarbene Melonenscheibe. Aus den Salons der ersten Klasse drang der Klang einer Klaviersonate von Chopin an mein Ohr.

Dann wurde mir bewusst, dass ich nicht allein an Deck war. Durch die Rettungsboote hindurch, die sich am Heck des Schiffes befanden, machte ich einen Passagier aus, der mir schon früher aufgefallen war. Er reiste zusammen mit den Emigranten, aber er war selbst keiner. Es handelte sich um einen etwa dreißigjährigen Mann, hoch gewachsen – ungefähr einen Meter achtzig – und kräftig. Sein Gesicht war eckig und ausdruckslos und unter der Adlernase prangte ein buschiger schwarzer Schnurrbart. Er trug immer einen dunklen Mantel und auf dem Kopf ein großes weißes Tuch, das mit einer schwarzen Schnur befestigt war. Er war Araber, was nicht zuletzt dadurch augenfällig wurde, dass er jeden Morgen eine Matte auf den Bohlen des Decks ausbreitete und auf Knien in Richtung Mekka betete.

Zu Beginn der Reise hatte einer der Matrosen irgendwann einmal angefangen, ihn zu beleidigen. »Verdammter Mufti«, sagte er zu ihm. »Du bist unter Christen. Spiel hier nicht den Heiden oder ich gebe dir einen Tritt in den Hintern.« Der Araber hörte auf zu beten, erhob sich und heftete seinen starren Blick auf den Matrosen. Ich weiß nicht, was der in jenen dunklen Augen sah, aber nach wenigen Sekunden murmelte er irgendetwas Unverständliches und machte sich eilig davon.

Ein seltsamer Kerl, dieser arabische Passagier, und jetzt war er hier, mitten in der Nacht, und wandelte über das Deck wie ein Phantom. Ich schickte mich also an ihm zu folgen. Ich bin gut im Verfolgen von Leuten: Ich mache keinen Lärm, ich weiß, wie ich mich zwischen den Schatten verstecken kann, und ich bewege mich unauffällig. Daher war ich ziemlich überrascht, als ich – nachdem ich einige Minuten hinter dem Araber hergegangen war – um eine Ecke bog und mich mit der Tatsache konfrontiert sah, dass er verschwunden war. Ich blickte von einer Seite zur anderen, suchte ihn hier und dort, aber letzten Endes musste ich mir eingestehen, dass mich der Kerl abgehängt hatte. Mit Sportsgeist akzeptierte ich die Niederlage und drehte mich um, bereit, meine Absicht aufzugeben.

Und dort stand er, hinter mir, und sah mich starr an. In seiner Hand hielt er einen Dolch mit gekrümmter Klinge.

»Warum folgst du mir?«, fragte er mit tiefer Stimme und einem weichen orientalischen Akzent.

Ich schluckte, bis ich keinen Speichel mehr zum Schlucken hatte. Ich konnte den Blick nicht von dem Messer wenden. Auch wenn er mich nicht direkt damit bedrohte, war es verdammt noch mal da und wirkte sehr scharf. Ich sah auf, begegnete den Augen des Arabers und schauderte. Jener Blick war wie ein schwarzer Abgrund und so tief, dass er mich zu verschlingen drohte.

»Ich nein-nein ... ich nein-nein ...«, stammelte ich blöd; dann war ich nicht mehr in der Lage, auch nur noch ein Wort herauszubringen.

Mir kam es so vor, als hielte der Araber eine Ewigkeit lang seinen schrecklichen Blick auf meine Augen geheftet, als könnte er sich nicht entscheiden, ob er mich köpfen oder der Länge nach aufschlitzen sollte, und dann warnte er mich: »Folge mir nicht.«

Er verbarg das Messer unter dem Mantel, drehte sich um und verschwand aus meinem Blickfeld, ohne den geringsten

Lärm zu verursachen. Ich meinerseits blieb einige Sekunden lang regungslos stehen, bis mir die frische Meeresbrise Gesichtsfarbe und Ruhe wiedergegeben hatte. Dann beeilte ich mich sehr, in die lärmende Sicherheit des Gemeinschaftsschlafsaals zurückzukehren.

Während ich mich auf den Bettsack fallen ließ, wurde mir klar, was jener Matrose empfunden hatte, als er dem arabischen Passagier gegenübergestanden hatte: Angst.

Mein Vater kehrte erst im Morgengrauen zurück. Er war guter Laune und in Plauderstimmung, sodass er sich umzog und mich einlud, mit ihm aufs Deck zu gehen, um dort die beiden Flaschen Papayasaft zu trinken, die er aus der Bar der ersten Klasse mitgebracht hatte. Wir verließen den Schlafsaal und gingen in Richtung Deck. Kaum waren wir im Freien, zog mein Vater ein dickes Bündel Scheine aus seinem Geldbeutel und zeigte es mir triumphierend.

»Das Glück ist uns wieder hold, mein Sohn«, sagte er. »Ich habe mich als Tabakhändler ausgegeben und ein Gespräch mit einigen Bankiers und einem Vertreter angefangen. Sie waren so arglos, dass sie weder Poker noch irgendein anderes ernsthaftes Spiel kannten. Daher schlug ich vor, zum Zeitvertreib ein paar Runden Mau-Mau zu spielen, und sie haben erfreut zugestimmt. Anfangs habe ich ein bisschen verloren, damit sie Vertrauen gewinnen. Dann, als sie sich so richtig auf das Spiel eingelassen hatten, habe ich ihnen den Gnadenstoß versetzt.« Er wedelte mit dem Bündel Geldscheine und fügte hinzu: »Mehr als neunhundert Peseten habe ich ihnen abgeknöpft, Junge. Ich bin gut in Form.«

Nachdem er mir ausführlich die Wechselfälle der Partie geschildert hatte, begann mein Vater den Luxus zu beschreiben, den man in der ersten Klasse genoss. Aber irgendetwas an meinem Gesichtsausdruck musste seine Aufmerksamkeit erregt haben, denn er unterbrach seinen Bericht, um mich zu fragen: »Ist etwas, Jaime?«

Also erzählte ich ihm von meiner Begegnung mit dem arabischen Passagier, wobei ich besonders das riesige Messer betonte, mit dem er herumgefuchtelt hatte. Weit davon entfernt, sich Sorgen zu machen, wie ich erwartet hatte, verlor sich der Blick meines Vaters in der Nacht. Er stützte sich auf die Reling und nahm mit abwesendem Gesichtsausdruck einen großen Schluck von seinem Getränk.

»Auch mir ist dieser Araber schon aufgefallen«, bemerkte er nach einer Weile. »Er heißt Rasul Ali Akbar und ist Syrer.«

»Woher weißt du das?«

»Neulich habe ich mit ein paar Matrosen Karten gespielt. Ich konnte zwar nicht viel Geld aus der Partie ziehen, bekam dafür aber wenigstens ein paar Informationen.« Er machte eine Pause und fügte hinzu: »Du solltest diesem Araber nicht zu nahe kommen, Jaime, er ist ein Mörder.«

Ich verschluckte mich beinahe an dem Saft, als ich das hörte.

»Aber er ist kein gemeiner Mörder«, fuhr mein Vater fort, »sondern ein *Assassine*. Hast du jemals von dem Alten vom Berge gehört? Nein? Er hieß Hasan Bensabah Homairi und lebte im Syrien des elften Jahrhunderts. Er gründete eine geheime Sekte auf Alamut, einer Festung, die mitten in einem Gebirge lag, und ihre Mitglieder, die *Fidai*, verübten politische Morde. Na ja, und diese *Fidai* pflegten Haschisch zu rauchen, sie nannten sich *Al Haschischyun*, das heißt ›die Haschischgenießer‹, woraus die europäischen Kreuzritter dann *Assassinen* machten. Und daher stammt das französische *assassin* und das spanische Wort *asesino*, Mörder.«

»Und du glaubst, dass der arabische Passagier ein *Fidai* ist?«, fragte ich mit Augen groß wie Wagenrädern.

Mein Vater machte eine unbestimmte Geste.

»Nun, man erzählt, dass die Sekte des Alten vom Berge Ende des 13. Jahrhunderts verschwand«, antwortete er mürrisch. »Aber ich wäre mir dessen nicht so sicher.«

Nun ja, mein Vater sagte nicht immer die Wahrheit. Er hatte eine sehr lebhafte Vorstellungsgabe und vermischte häufig Fantasie und Realität. Ich nehme an, er erzählte mir jene Geschichte zu meiner Unterhaltung, und vermutlich glaubte noch nicht einmal er selbst daran, dass es sich bei dem arabischen Passagier um einen verschwörerischen Mörder handelte.

War er es? Ich sollte nie endgültige Gewissheit bekommen und in jener Nacht beschränkten mein Vater und ich uns darauf, unsere Flaschen zu leeren und leise zu unseren Kojen zurückzukehren.

Mit dem Geld, das er beim Spiel gewonnen hatte, erwarb mein Vater am nächsten Tag zwei Überfahrten dritter Klasse. So kam es, dass wir aus den überfüllten Gemeinschaftsschlafsälen in eine Kabine mit acht Plätzen umzogen, die wir mit einer freundlichen und selten lauten asturischen Familie teilten. Unsere Lebensbedingungen verbesserten sich merklich, obwohl sich die Kabine am Bug befand, der heftig schaukelte; doch mit der Zeit gewöhnte man sich daran.

In den nächsten Tagen ereignete sich kein nennenswerter Zwischenfall. Wir feierten Weihnachten mit einem besonderen Essen und in der Silvesternacht gab es ein großes Fest mit Feuerwerk und Tanz. Wir waren ins 20. Jahrhundert eingetreten, in die Zukunft, und das war nun wirklich eine ganz besondere Feier wert.

Am dritten Januar 1901 erreichten wir schließlich die Küsten Amerikas. Die *Covadonga* machte nur einen kurzen Zwischenstopp in San Juan de Puerto Rico, dann legte sie sofort wieder in Richtung Santiago de Cuba ab, wo wir anderthalb Tage später einliefen. Dort gingen die meisten Passagiere an Land und ich erinnere mich, wie ich vom Deck aus die üppige Vegetation der Insel bewunderte, die dem Bild, das ich mir vom irdischen Paradies machte, so sehr ähnelte, dass ich meinen Vater fragte, weshalb wir nicht einfach auf Cuba blieben.

»Wir fahren nach Kolumbien«, gab er mir zur Antwort. »In Barranquilla, einer Küstenstadt, lebt eine alte Freundin von mir, Caridad Santos – eine zauberhafte Dame und Besitzerin eines ehrenhaften Etablissements namens Salon

Bombay –, die uns helfen wird dort Fuß zu fassen.« Er lächelte mit offenherzigem Optimismus. »Vor uns liegt eine Welt voller Möglichkeiten, Jaime. Wir sind Glückspilze.«

Nun gut, mein Vater hatte noch nie die Gabe der Prophezeiung besessen.

Die *Covadonga* lichtete am fünften Januar die Anker und verließ Santiago de Cuba mit Kurs auf die mythische Stadt Cartagena de Indias in Kolumbien. Wir reisten mit zweihundertdreiundsiebzig Passagieren sowie den sechsundachtzig Besatzungsmitgliedern an Bord.

Zwei Tage später bekam das Meer, das bislang spiegelglatt gewesen war, eine bleierne Färbung und begann sich zu kräuseln. Ein schwülwarmer Wind erhob sich und am Himmel verdichteten sich die Wolken. Ich erinnere mich, dass der zweite Offizier, den Blick nach oben gerichtet, bemerkte: »Zirruswolken ... wie merkwürdig.« Und es schwang etwas im Ton seiner Stimme mit, das mir gar nicht gefiel.

Stunden später zog sich der Himmel völlig zu, es begann in Strömen zu regnen und der Wind wurde zum Orkan. Offensichtlich waren wir mitten in ein tropisches Unwetter geraten, das uns sehr ungelegen kam.

Zwölf Meter hohe Wellen, das ohrenbetäubende Heulen des Windes, das Donnern der See, die gegen den Schiffsrumpf schlug. Wie ein Papierschiffchen, das man in die reißenden Fluten eines Sturzbachs geworfen hatte, stieg der

Dampfer *Covadonga* auf und nieder und neigte sich von einer Seite auf die andere, hin und her geworfen von den riesenhaften Kräften einer entfesselten Natur. So verbrachten wir die nächsten sechsunddreißig Stunden.

Der Kapitän hatte angeordnet, dass wir Passagiere uns in unsere Kabinen einschließen sollten. Dort saßen wir also: die asturische Familie – Papa, Mama und ihre beiden Kinder, weiß wie Altarkerzen, nachdem sie sich die Seele aus dem Leib gekotzt hatten –, mein Vater, der sich in scheinbarer Ruhe mit einer Patience beschäftigte, obwohl seine verkrampften Hände, mit denen er die Karten festhielt, seine heimliche Nervosität offenbarten, und meine Wenigkeit, Jaime Mercader, der jene Katastrophe aus purer Ahnungslosigkeit als romantisches Abenteuer betrachtete.

Dummerweise hatte ich dort, eingeschlossen in eine Kabine, in der eine Temperatur von vierzig Grad herrschte und es nach Erbrochenem roch, geschüttelt wie ein Würfel im Würfelbecher, das Gefühl, das Beste zu verpassen. Nach einigen Stunden, als sich das Meer ein wenig zu beruhigen schien, sagte ich meinem Vater, ich müsste zur Toilette, verließ die Kabine, schob mich durch die engen Gänge des Vorderkastells und öffnete die Luke, die zum Deck führte.

Ein Windstoß, angereichert mit Salz und Wasser, peitschte mir ins Gesicht. Ich hielt mich mit aller Kraft an den Stahlaufbauten des Vorschiffs fest und trat hinaus. Der Regen durchweichte mich sofort, aber völlig hingerissen von dem, was ich sah, achtete ich nicht weiter darauf.

Obwohl ich ehrlich gesagt nicht viel sehen konnte. Die Nacht war so finster, dass Meer und Himmel verschmolzen, und der Regen ähnelte einem fließenden, undurchsichtigen Schleier, der alles verbarg. Nein, ich sah so gut wie nichts, aber das Heulen des Windes, die gewaltigen Erschütterungen des Vorschiffs – hoch und runter –, die riesigen, weiß schäumenden Wellen, all das erfüllte mich mit Begeisterung und ich fühlte mich wie der Held in irgendeinem der Abenteuerromane, die ich zu lesen pflegte.

Plötzlich erhellte ein heftiger Blitz mit seinem elektrischen Schein das Meer und zu meiner Überraschung konnte ich mit absoluter Deutlichkeit, kaum einen halben Kilometer entfernt, die zerklüftete Kontur der Küste erkennen. Wir befanden uns ganz dicht am Festland!

Der himmlische Glanz verflüchtigte sich sofort und wieder versanken wir in der Finsternis. Aber jetzt unterschied ich einen hellen Fleck an der Stelle, wo sich, wie ich nun wusste, die Küste befand. Es musste sich um das Licht eines Leuchtturms handeln und das bedeutete – so nahm ich zumindest an –, dass wir uns ganz in der Nähe eines Hafens befanden. Trotz allem, dachte ich, waren wir also in Sicherheit. Dann erhellte ein weiterer Blitz das Deck und es stellte sich heraus, dass ich entgegen meiner Annahme nicht allein war.

Rasul Ali Akbar, der geheimnisvolle arabische Passagier, befand sich vier oder fünf Meter entfernt, an einen Schiffsmast geklammert und den Blick in die Dunkelheit gerichtet. Er schien zu sehr in Sorge über das Unwetter, um auf mich zu achten, aber ich hatte nicht das geringste Bedürfnis, ihm noch einmal zu begegnen, und schickte mich daher an, in die Kabine zurückzukehren.

Da geschah es.

Ohrenbetäubender Lärm, ein Dröhnen des Metalls, das vom Fels aufgeschlitzt wurde, schien die Atmosphäre zu elektrisieren. Ein gewaltiger Stoß warf mich zu Boden und sofort danach neigte sich das Schiff fünfundvierzig Grad steuerbord und schleuderte mich über die Reling hinweg in die schäumende See.

Der Aufschlag auf das Wasser betäubte mich. Während einiger Sekunden ging ich widerstandslos unter, überrascht von der unerwarteten Ruhe, die unter den Wellen herrschte. Dann fiel mir ein, dass es meiner Gesundheit zuträglich sein würde, ein wenig zu atmen, und ich begann mich mit den Armen nach oben zu arbeiten. Sobald ich die Oberfläche erreichte, sog ich geradezu gierig Luft ein.

Und da war ich nun, trieb verlassen auf hoher See, während mir der Regen ins Gesicht peitschte. Das Leuchten eines Blitzes enthüllte mir dann den schrecklichen Anblick: Die *Covadonga* lag neben einigen Felsen, die aus dem Wasser ragten, ganz unwahrscheinlich zur Seite geneigt und mit einem enormen Riss backbord. Das Schiff war mit einer Klippe kollidiert und sank nun schnell.

Mein Vater pflegte zu sagen: »Wenn du nicht weißt, was du machen sollst, dann sieh zu, dass du wegkommst.« Und genau das hatte ich vor, denn ich hatte gelesen, dass ein sinkendes Schiff einen starken Sog verursacht, der alles mit sich reißt. Das einzige Problem war, dass ich in jener wirbelnden Schwärze nicht die geringste Ahnung hatte, in welche Richtung ich schwimmen sollte. Ich schlug ein wenig mit den Armen, entfernte mich vom Schiff und da beleuchtete erneut ein Blitz den goldenen Sand eines Strandes, der nicht mehr als dreihundert Meter von der Stelle entfernt war, an der ich mich befand.

Unglücklicherweise zeigte mir der Blitz auch noch etwas anderes: Ganz in meiner Nähe fuchtelte ein Mann, der offensichtlich nicht schwimmen konnte, wie verrückt mit den Armen und versuchte sich über Wasser zu halten. Es war Rasul Ali Akbar, der syrische Passagier.

In weniger als einer Sekunde zählte ich alle Gründe auf, weswegen ich meine eigene Haut retten und diesen Kerl vergessen musste, der da gerade ertrank. Es waren sehr überzeugende Gründe, sodass es mich selbst erstaunte, als ich mich auf Ali Akbar zuschwimmen sah, in der Absicht ihn zu retten. Kaum hatte er mich gesehen, klammerte sich der Araber wie ein Polyp an mich. Ich schnappte nach Luft, schlug mit den Armen um mich und schließlich schrie ich ihn an, er solle mich nicht so umklammern, sonst würden wir beide ertrinken. Ali Akbar musste sehr diszipliniert sein, denn er ließ mich sofort los. Dann legte ich ihm einen Arm um den Hals und begann in Richtung Küste zu schwimmen.

Ich hatte an den Badestellen des Flusses Alberche schwimmen gelernt, aber das hatte mich nicht gerade darauf vorbereitet, gegen ein wild bewegtes Meer zu kämpfen, und noch viel weniger, einen Kerl abzuschleppen, der eine Tonne zu wiegen schien. Nach zehn Minuten war ich lediglich ein paar Meter vorangekommen und schon völlig erschöpft. Da schlug mir etwas gegen den Kopf. Ich hob den Blick und sah ein Stück Holz, das seitlich von mir trieb. Ich klammerte mich daran fest und bedeutete dem Araber, er solle es mir nachtun. Dann schrie ich ihn an: »Weißt du, wie man die Beine bewegt? Also beweg sie!«

Wir brauchten fast eine Stunde, um die Küste zu erreichen. Der tobende Wind, die brandenden Wellen und der gewaltige Sog der Strömung waren wie Mauern, die uns am Vorankommen hinderten. Einen Augenblick lang dachte ich, wir würden es nicht schaffen, aber schließlich erreichten wir ausgelaugt und keuchend den Strand. Ich erinnere mich, dass ich mich in den Sand fallen ließ, erschöpft und glücklich gleichzeitig, und ich fühlte mich lebendiger denn je zuvor, nachdem ich dem Tod bereits ins Auge gesehen hatte. Noch nie zuvor war mir fester Boden unter den Füßen so angenehm erschienen und ich schwor mir, nie mehr im Leben ein Schiff zu betreten.

Dann fiel mir plötzlich etwas ein. Ich schnellte hoch wie eine Feder und richtete den Blick wieder auf die Stelle, an der die *Covadonga* gesunken war.

»Papa ...«, murmelte ich mit schmerzerstickter Stimme.

Kurz darauf ließ der Sturm nach. Der Wind legte sich, die Wolken brachen auf und der Mond beleuchtete mit seinem bleichen Licht die jetzt ruhigen Gewässer der Karibik. Von den dreihundertneunundfünfzig Personen an Bord des Passagier- und Frachtdampfers *Covadonga* hatten nur siebenunddreißig, einschließlich des Arabers und mir selbst, die Küste erreicht. Keiner von ihnen war mein Vater.

Die Einwohner von Arroyo de Piedra, einem Dorf in der Nähe der Unglücksstelle, tauchten wenig später auf. Es waren bescheidene und wohlmeinende Fischer, die alles taten, um für die Überlebenden der Katastrophe zu sorgen. Eine beleibte Frau, an deren Gesichtszügen man die Mestizin erkennen konnte, beharrte freundlich darauf, ich solle sie zum Dorf begleiten, aber ich schüttelte den Kopf und blieb, wo ich war, immer in der Hoffnung, jeden Moment meinen Vater auftauchen zu sehen.

Schließlich begaben sich die Eingeborenen und die Schiffbrüchigen zum Dorf und ich blieb allein am Strand zurück. Allein? Nein, Rasul Ali Akbar wich die ganze Nacht über nicht von meiner Seite und saß mit gekreuzten Beinen im Sand, unbeweglich wie eine Statue. Er sprach kein einziges Wort, bis die Morgendämmerung den Horizont über den Palmenpflanzungen rot färbte; dann sagte er: »Dein Vater wird nicht zurückkehren. Lass uns zum Dorf gehen, um uns auszuruhen.«

Ich sah zu den Klippen hinüber und betrachtete dann das ausdruckslose Gesicht des Arabers. Ich fühlte mich hundeelend. Meine Augen füllten sich mit Tränen und ich umarmte Rasul. Er hielt mich in seinen Armen und murmelte tröstende Worte in seiner Sprache, die ich nicht verstand. Trotz meiner Betrübnis konnte ich nicht umhin, die beiden Pistolen zu bemerken, die die Kleidung des Syrers ausbeulten.

Ich schlief zwölf Stunden am Stück. Als ich in der bescheidenen Holzhütte, in die mich einer der Dorfbewohner aufgenommen hatte, erwachte, galt der erste Gedanke meinem Vater, und als ich begriff, dass ich ihn niemals wieder sehen würde, begann ich erneut zu weinen.

Später kam Rasul und setzte mir mit wenigen Worten unsere Situation auseinander. Wir waren in Punta de Piedra, einer Landzunge, die sechsundzwanzig Kilometer von Cartagena entfernt lag – der Stadt, in die sich die fünfunddreißig übrigen Schiffbrüchigen in Kürze begeben würden. Immer noch ziemlich benommen, wandte ich ein, dass ich nicht nach Cartagena, sondern nach Barranquilla gehen würde.

»Ich werde mich um alles kümmern«, sagte Ali Akbar.

Und so war es. Am nächsten Tag weckte mich Rasul in aller Frühe. Er hatte zwei Pferde erworben und schlug vor, mich bis Barranquilla zu begleiten.

Vor unserem Aufbruch bemerkte ich ein altes Schiff, das auf Höhe des Riffs, wo die *Covadonga* gesunken war, vor Anker lag und auf dessen Deck einige Männer arbeiteten, unter ihnen ein paar Taucher. Ich fragte einen der Dorfbewohner, wer diese Leute seien, und der Mann antwortete mir: *»Wrecker.«*

Dann erklärte er mir, dass die *wrecker* ihr Geld damit verdienten, die Fracht verunglückter Schiffe zu bergen. »Das sind schlechte Menschen«, fuhr er fort. »Geier.« Er machte eine verächtliche Geste in Richtung des Schiffes. »Die da arbeiten für Tobias Welser. Man behauptet, dass sie bei Unwettern an der Küste ein großes Licht entzünden, um die Schiffe zu den Riffs zu locken und sie sinken zu lassen. Das sind Piraten.«

Ich überlegte ein paar Sekunden, erinnerte mich an das Licht, das ich kurz vor dem Schiffbruch wahrgenommen hatte und das ich, vermutlich genau wie der Kapitän der *Covadonga*, für einen Leuchtturm gehalten hatte. Dann wiederholte ich leise jenen Namen: Tobias Welser. Ich hörte ihn zum ersten Mal.

Es sollte nicht das letzte Mal sein.

DRITTES KAPITEL

In dem von meinen ersten Abenteuern in Kolumbien die Rede ist und davon, wie ich wieder einmal die Flucht ergreifen musste

Rasul Ali Akbar war kein Mann großer Worte. Während der achtzig Kilometer langen Strecke zwischen Punta de Piedra und Barranquilla gab er keinen Muckser von sich und erst als wir in der Stadt angekommen waren und den Salon Bombay gefunden hatten, brach er sein hartnäckiges Schweigen und sagte: »Du hast mir das Leben gerettet, Jaime. Jetzt habe ich weit entfernt von hier etwas zu erledigen, aber ich werde zurückkommen, um meine Schuld bei dir zu begleichen. Allah sei mit dir.« Und ohne ein weiteres Wort verschwand er die Straße hinauf.

Ich atmete tief durch und fuhr mir mit zwei Fingern durch die Haare im vergeblichen Versuch sie zu entwirren. Dann betrat ich den Salon Bombay auf der Suche nach der Freundin meines Vaters, meiner zukünftigen Beschützerin.

Caridad Santos, die von aller Welt Doña Caridad genannt wurde, war eine leutselige Vierzigerin, die man als dick bezeichnen konnte, die aber immer noch einen großen Teil ihrer Schönheit bewahrt hatte. Allerdings neigte sie dazu, diese Schönheit mit einem Zuviel an Schminke zu tarnen. Sie war in Murcia geboren, lebte aber seit fast zwölf Jahren in Kolumbien, wo sie dank ihres besonderen Geschäfts einigen Erfolg hatte. Doña Caridad hörte dem Bericht über mein Unglück mit betrübtem Gesicht zu und vergoss sogar ein paar Tränen, als sie von dem traurigen Schicksal meines Vaters erfuhr.

»Er war ein großartiger Mann«, sagte sie sichtlich bewegt. »Der beste, den ich jemals kennen gelernt habe. Sei unbesorgt, Jaime, ich werde mich darum kümmern, dir eine Unterkunft zu verschaffen und eine anständige Möglichkeit, deinen Lebensunterhalt zu verdienen. Du wirst wie ein Sohn für mich sein.«

Und so kam es, dass ich in dem Etablissement zu arbeiten begann, das Doña Caridad Santos in den Tropen aufgebaut hatte. Bei diesem Salon Bombay – niemand kannte den Grund für dessen indischen Namen – handelte es sich um ein zweistöckiges Gebäude aus weiß gestrichenem Holz. Im unteren Stockwerk befand sich eine Schenke mit einem geräumigen Salon voller Tische und Stühle. Die Etage darüber war in kleine Zimmer aufgeteilt, die die Gäste mieten konnten. Im Salon Bombay servierte man bis in die frühen Morgenstunden Getränke – vor allem Rum und Whisky – und man gewährte auch andere Dienste. Sagen wir mal, es war nicht gerade die Art Lokal, in die man seine alte Großmutter zum Tee einladen würde. Es gab Mädchen und Musik und ... kurzum, der Salon Bombay war ein ... Nun gut, ihr könnt es euch schon denken.

Meine Aufgabe dort bestand darin, alle möglichen

Arbeiten zu erledigen. Ich half beim Putzen, machte Besorgungen für die Gäste und an den Wochenenden, wenn mehr Betrieb war, servierte ich Getränke an den Tischen. Falls es einen der Leser empört, dass ein Junge wie ich in einer Lasterhöhle wie dieser arbeitete, muss ich bekennen, dass keines der Mädchen auf meine linkischen Annäherungsversuche einging und dass mich zu meinem Leidwesen alle nur wie ihren kleinen Bruder behandelten.

Man kann nicht gerade behaupten, dass meine Ankunft in Kolumbien zu einem besonders günstigen Zeitpunkt erfolgte: Ein Bürgerkrieg verwüstete seit zwei Jahren das Land. Allerdings fanden die Kämpfe im Landesinneren statt, weit entfernt von Barranquilla, wo ich lediglich Zeuge des einen oder anderen Krawalls wurde. Alles in allem gehörten die anderthalb Jahre, die ich im Salon Bombay verbrachte, zur glücklichsten Zeit meines Lebens, obwohl dieses Glück oft durch die Erinnerung an den Tod meines Vaters überschattet wurde. Aber ich war jung, und die Jugend ist der geeignete Nährboden für das Vergessen, was einen sehr schnell sogar den tiefsten Schmerz überwinden lässt.

Barranquilla liegt in einer Ebene, deren Ausläufer das Flussdelta des Magdalena bilden, inmitten von Palmenpflanzungen und Sümpfen. Mit annähernd hunderttausend Einwohnern war es damals eine lebhafte Stadt, die sich nur schwerlich als hübsch bezeichnen ließ. Bis auf einige wenige

Kolonialgebäude war der Rest eine schmutzige Ansammlung von Hütten, die überall wirr verstreut lagen.

In den Straßen begegnete man schwarzen Afrikanern,

sinnlichen Mulattinnen mit wiegendem Gang, Indios mit kupferfarbener Haut und mandelförmigen Augen, Mestizen, Chinesen und wohlhabenden Kreolen, die in offenen Kutschen vor der alten Kirche von San Antonio spazieren fuhren. Aus dem nahen Puerto Colombia kamen Matrosen und Abenteurer aller Nationalitäten, während Barkassen und Kanus mit bunten Lasten aus Früchten, Kakao, Blumen oder Kaimanleder auf dem Fluss Magdalena hin und her schipperten. Und erst die Musik ... Barranquilla war ein Paradies der verschiedensten Rhythmen. Unter dem kleinsten Vorwand fing alle Welt an zu tanzen, und wenn die Leute nicht tanzten, sangen sie oder spielten eine Melodie auf irgendeinem Instrument. Wären da nicht die Moskitos gewesen, deren Anzahl, Größe und Angriffslust kaum zu überbieten war, hätte Barranquilla der angenehmste Platz auf Erden sein können.

Für mich war alles in Kolumbien neu und ich musste vieles lernen. Ich gedachte nicht, den Rest meines Lebens mit einem Besen in der Hand zu verbringen oder damit, Besorgungen zu machen und mich um Besoffene zu kümmern, sondern ich strebte nach höheren Zielen. Daher dachte ich lange und ausgiebig über das Geschäft von Doña Caridad nach und kam zu folgendem Schluss: Obwohl man meinen sollte, dass die Gäste das Lokal wegen der Mädchen aufsuchten, war es doch so, dass sich die meisten von ihnen darauf beschränkten, in der Bar bis zur Bewusstlosigkeit zu reden und zu trinken, und aus meiner Sicht der Dinge war das die reinste Verschwendung.

Genau ein Jahr nach meiner Ankunft schickte ich mich

deshalb an, mit Doña Caridad zu sprechen und ihr meinen Plan zu unterbreiten. Er war sehr einfach: Es ging darum, einen Roulettetisch in der Bar des Salon Bombay aufzustellen.

»Die Gäste werden weiterhin trinken, aber statt zu schwatzen, werden sie spielen«, sagte ich in überzeugendem Ton. »Und sie werden verlieren. Und das bedeutet neue Einnahmen für das Geschäft.«

»Und du willst das Roulette bedienen?«, fragte Doña Caridad mit unüberhörbarem Zweifel in der Stimme. »Aber du bist doch noch ein Kind, Jaime ...«

»Ich bin vierzehneinhalb Jahre alt«, wandte ich ein wenig beleidigt ein. »Außerdem werden mich die Gäste genauso sehen: jung und unschuldig. Sie werden Vertrauen zu mir haben und mit größerem Eifer spielen.«

»Aber du bist alles andere als unschuldig, nicht wahr?«, bemerkte sie mit einem halben Lächeln.

»Bitte, Doña Caridad, sagen Sie Ja«, beharrte ich. »Sie müssen keinen einzigen Peso dazugeben; ich werde das Roulette bezahlen und mich um alles kümmern. Und Sie erhalten einen prozentualen Anteil an den Erträgen. Was haben Sie denn zu verlieren?«

Sie dachte vermutlich – irrtümlicherweise, wie sich später herausstellen sollte –, dass sie wirklich nichts zu verlieren hatte, und gab schließlich ihr Einverständnis. Und ich machte mich sofort ans Werk. Dank der Trinkgelder, die ich im Salon Bombay erhielt und die ich zur Gänze gespart hatte, war es mir im Laufe des Jahres gelungen, eine nicht unbeträchtliche Summe zusammenzubringen, sodass ich einen Zimmermann mit der Anfertigung des Roulettes beauftragte. Die Pläne zeichnete ich selbst und anschließend kümmerte ich mich persönlich darum, die sechsunddreißig vorgeschriebenen Ziffern eine nach der anderen auf eine grüne Filzdecke zu malen.

Als der Tisch fertig war, stellte ich ihn in einer Ecke des Salons auf und hängte eine schwere Bronzelampe mit drei Kerosinleuchten darüber, die ich bei einem Schrotthändler gekauft hatte. Ich gebe zu, dass ich von großem Stolz erfüllt war, als alles fertig war. Es war natürlich nicht gerade wie in Monte Carlo, aber es gehörte mir.

Mein Vater pflegte immer zu sagen: »Es gibt kein besseres Geschäft als ein Kasino, denn die Kasinos können auf die Gunst des Zufalls bauen, auf die Gesetze der Wahrscheinlichkeit, und das ist, als ob du alle Kräfte des Universums auf deiner Seite hättest.« Er selbst hatte immer vorgehabt, ein Spielkasino zu führen, und jetzt war ich es, sein Sohn, dem jener Wunsch erfüllt wurde.

Am Einweihungsabend kleidete ich mich mit einer schwarzen Hose, weißem Hemd und karierter Weste. Ich sah gut aus, das muss ich zugeben, und als ich zum ersten Mal die Kugel drehte, hielt ich mich für den elegantesten Croupier des allerelegantesten französischen Kasinos. Es war ein grandioser Erfolg. Nicht nur die Stammgäste begaben sich wie die Verrückten ans Spiel, sondern auch eine Vielzahl neuer Gäste, die von den Einsätzen angezogen wurden, strömte in das Lokal. Das Rad des Roulettes drehte sich unablässig und mit jeder Umdrehung sprudelte das Geld wie eine Quelle.

Aber es gab ein kleines Problem.

Doña Caridad bekam vierzig Prozent der Einnahmen. Dem Polizeichef musste ich zwanzig Prozent geben und dem Kerl, der das verbotene Glücksspiel in dieser Stadt kontrollierte, noch einmal so viel. Von den restlichen zwanzig Prozent wanderten drei Viertel in die Hände der Mädchen, die erbost protestiert hatten, als sie merkten, dass sich die Kunden jetzt mehr für das Roulette als für sie interessierten. Daher blieben meiner Wenigkeit, dem fleißigen Jaime Mercader, der treibenden Kraft der Idee, lächerliche fünf Prozent vom Gewinn.

Das war ungerecht, aber ich konnte mich meinen Verpflichtungen nicht entziehen, zumindest nicht, ohne in ernsthafte Schwierigkeiten zu geraten. Dennoch hatte ich es ein paar Monate später mehr als satt, zusehen zu müssen, wie sich die anderen auf Kosten meiner Arbeit bereicherten. Da ich meinen prozentualen Anteil nicht erhöhen konnte, gelangte ich zu dem Schluss, dass die einzige Möglichkeit mehr Geld zu verdienen darin bestand, den Gesamtgewinn zu vergrößern.

Ich bin in handwerklichen Arbeiten sehr geschickt. Mit Hilfe eines Schmieds fertigte ich ein Gerät aus Stangen und Magneten und befestigte es anschließend am Roulette, gut versteckt unter der Tischplatte. Ich tat das in den frühen Morgenstunden, als sich niemand im Lokal aufhielt, denn ich wollte nicht, dass jemand von meiner Manipulation des Spieltisches erfuhr.

Mein Betrug funktionierte wunderbar. Während der folgenden drei Monate sorgte das Roulette für mehr Gewinn als je zuvor und erhöhte die Rentabilität meiner fünf Prozent erheblich. Das Glück schien mir sein strahlendstes Gesicht zu zeigen, ja, aber es handelte sich dabei um eine Fata Morgana, denn das Unheil brach nur wenig später über mich herein.

Es geschah genau an meinem fünfzehnten Geburtstag, was nicht einer gewissen Ironie entbehrt.

Im Grunde ahnte ich, dass etwas Schlimmes passieren würde. Manuel, einer der Kellner im Salon Bombay, hatte sich unlängst ein Bein gebrochen, zwei der Mädchen waren an Masern erkrankt und des Weiteren hatte sich eine lange Serie kleinerer Missgeschicke ereignet. Das Pech schien es auf uns abgesehen zu haben.

Außerdem kam seit einigen Tagen ein seltsamer Mann ins Lokal. Er war groß und bärtig, trug immer eine Brille mit getönten Gläsern und einen Hut mit breiter Krempe. Er kam gleich, nachdem geöffnet wurde, setzte sich an einen Tisch – trotz der Wärme legte er nie den Mantel ab – und blieb dort die ganze Nacht über schweigsam und regungslos sitzen. Er spielte nicht, er ignorierte die Mädchen und er betrank sich noch nicht einmal. Er tat nichts weiter, als eine Tasse Kaffee nach der anderen zu schlürfen. Ich hatte das Gefühl, dass mich der Kerl hinter seiner dunklen Brille nicht aus den Augen ließ, obwohl ich annahm, dass ich mir das nur einbildete, und der Sache keine Bedeutung beimaß.

Es war Samstagabend und der Salon Bombay war brechend voll. Um den Roulettetisch drängelten sich die Spieler, die begierig darauf warteten, sich ihres Geldes zu entledigen. Ich ließ die Kugel ein ums andere Mal kreisen, wobei ich mit meinem besten Akzent sagte: »*Rien ne va plus, messieurs*«, um anschließend selbstbewusst den Gewinn einzustreichen. Dann, gegen Mitternacht, als das Lokal am vollsten und belebtesten war, entlud sich die Katastrophe über mir. Ich glaube, die göttliche Vorsehung wollte mich für meine Sünden strafen oder mir zumindest eine Lektion erteilen. Wenn es eine Strafe sein sollte, so besteht kein Zweifel, dass die Sache funktionierte, aber sollte es sich um eine Lektion gehandelt haben, dann tut es mir Leid, sagen zu müssen, dass ich nicht eine einzige Lehre daraus gezogen habe.

Tatsache ist, dass es ein Erdbeben gab. Nein, kein »großes Erdbeben« mit einstürzenden Gebäuden und Toten überall. Ich spreche von einem ganz winzigen, unbedeutenden Erdbeben unterster Kategorie. Die Wände wackelten ein bisschen, die Gläser klirrten und das wäre alles gewesen, hätte ich die Bronzelampe nicht so stümperhaft an der Decke befestigt. Das Beben reichte aus, um die Stifte zu lockern, die sie festhielten. Daher stürzte die Lampe mit voller Wucht auf den Spieltisch und schlug ihn mit großem Getöse mittendurch. Unglücklicherweise brachte dieses Ereignis auch das Machwerk zum Vorschein, das ich am Tisch befestigt hatte, um das Roulette zu manipulieren.

Ich erstarrte zu Eis. Die Gäste ihrerseits verstummten und betrachteten verwundert jenes Gebilde aus Stangen und Magneten, das da so unerwartet ans Licht gekommen war. Eine lange und betretene Stille trat ein ... Schließlich und endlich waren die Kerle zwar lasterhaft und versoffen, aber sie waren nicht blöd. Sie zählten zwei und zwei zusammen und brachen in einen Sturm berechtigter Empörung aus. Anfangs richtete sich ihre Wut gegen Doña Caridad, aber die wies jede Verantwortung von sich, zeigte würdevoll mit einem Finger auf mich und erklärte, ich sei derjenige, der sich um alles kümmerte, was mit dem Spiel zusammenhing.

Da wandten sich die Gäste mir zu und umringten mich mit Absichten, die ganz bestimmt nicht die besten waren. Jemand sagte, man müsse mir die Haut abziehen, ein anderer schlug vor, mich bei lebendigem Leibe zu verbrennen, ein Dritter, der etwas barmherziger war, meinte, es genüge, mich zu erhängen. Nun gut, liebe Freunde, ich gebe zu, dass ich in jenem Moment dachte, mein letztes Stündlein habe geschlagen, aber dazu kam es nicht, weil sich plötzlich jemand zwischen jene erboste Gruppe Gerechtigkeitssuchender und mich stellte. Es war der Fremde, der seltsame Bärtige mit der getönten Brille, und in jeder Hand hielt er eine Mauserpistole vom Kaliber neun.

Die Zeit schien still zu stehen. Der Fremde bewegte sich nicht und schwieg, während sich die überraschten Gäste abwartend verhielten. Aber es waren fast hundert und alle bewaffnet; daher schickten diejenigen, die in den hinteren Reihen standen, sich an, zu ihren Revolvern zu greifen.

In diesem Moment begann der Fremde zu feuern. Aber nicht auf die Leute, sondern auf die Kerosinlampen, die an den Wänden hingen und die Bar beleuchteten. Sie zersprangen in tausend Stücke, das Kerosin floss aus und fing an zu brennen. Und innerhalb weniger Sekunden brach im Salon Bombay ein gefräßiges Feuer aus.

Von diesem Augenblick an wollte niemand mehr irgendjemanden töten, alle konzentrierten sich darauf, ihre eigene Haut zu retten, und drängten unter großem Geschrei eilig in Richtung Ausgang. Ich stand wie versteinert vor Überraschung. Der Fremde näherte sich mir, warf mich über seine Schulter, als wäre ich ein Sack Kartoffeln, begann zu rennen und plötzlich sprangen wir mitten in einem Regen aus zersplittertem Glas durch ein Fenster. Kaum im Freien, bemächtigte sich der Fremde zweier Pferde, zwang mich eines zu besteigen und in gestrecktem Galopp preschten wir sofort davon.

Zwanzig Minuten später, nachdem wir uns davon überzeugt hatten, dass uns niemand folgte, hielt der Fremde neben einem Zuckerrohrfeld an, um unseren Reittieren eine Verschnaufpause zu gönnen.

»Wer bist du?«, fragte ich.

Langsam nahm der Fremde seine getönte Brille ab. Trotz der Zeit, die inzwischen vergangen war, und des Barts, der nun sein Kinn bedeckte, erkannte ich ihn sofort.

Es war Rasul Ali Akbar, der arabische Passagier.

Rasul erzählte mir, dass er sich auf der Suche nach mir in Richtung Barranquilla aufgemacht habe, sobald er seine offene Rechnung beglichen hatte (was auch immer das gewesen sein mochte). Später, als er erfuhr, womit ich mich beschäftigte, dachte er sogleich, dass ich früher oder später in Schwierigkeiten geraten würde. Daher beschloss er sich diskret im Hintergrund zu halten in der Erwartung, dass sein Eingreifen irgendwann notwendig werden würde.

»Ich sagte ja, dass ich meine Schuld bei dir begleichen würde, Jaime«, schloss er seinen Bericht ausdruckslos. »Das habe ich hiermit getan.«

Ich wandte den Blick nach Norden und betrachtete den hellen Schein, der den Horizont schwach rötete. Ich hielt ihn für das Feuer im Salon Bombay und versuchte einen klaren Gedanken zu fassen. Nach Barranquilla konnte ich nicht zurück; wenn Doña Caridad mich nicht umbrachte, würde es irgendeiner der Gäste tun, die ich betrogen hatte. Ich besaß nicht nur kein Dach mehr über dem Kopf und keine Arbeit, sondern ich hatte mir auch noch eine stattliche Zahl Feinde eingehandelt. Dann zog ich eine wichtige Schlussfolgerung: Ich war zwar geschickt und erfinderisch, aber ich war auch schwach. Zum Teufel, ich war gerade mal fünfzehn Jahre alt und in eine gewalttätige Welt eingetaucht, in der es mir auf Grund meiner riskanten Tätigkeit sehr schwer fallen würde zu überleben. Da begriff ich, was ich zu tun hatte. Ich wandte mich an Ali Akbar und fragte ihn mit meinem unschuldigsten Lächeln: »Wirst du in dein Land zurückkehren, Rasul?«

»Nein«, antwortete er und als einzige Erklärung fügte er hinzu: »Ich kann nicht.«

»Und was gedenkst du demnach zu tun?«

Ali Akbar zuckte kaum wahrnehmbar mit den Schultern. Und dann setzte ich zu langen Erklärungen an, redete viel, sehr viel, aber der Gedanke, der hinter meinen Worten steckte, war einfach: Wir würden gemeinsam nach Cartagena gehen und zusammenarbeiten, er und ich, und den Gewinn je zur Hälfte unter uns aufteilen. Kurz und gut, ich versuchte ihm klar zu machen, dass wir mit seinen Muskeln und meinem Hirn die Welt erobern könnten.

Ich erinnere mich, dass mich Ali Akbar fest ansah und nach längerem Schweigen erklärte: »Du bist ein seltsamer Junge, Jaime. Du ziehst Probleme an wie der Honig die Fliegen.« Er machte eine Pause und, nun, ich will nicht behaupten, dass er lächelte (Rasul schien nicht zu wissen, dass Lippen auch dazu dienen konnten), aber ein Funken Ironie blitzte in seinen schwarzen Augen auf. »Jedenfalls«, fuhr er fort, »einverstanden: Ich werde mit dir nach Cartagena gehen.«

VIERTES KAPITEL

In dem von meiner Begegnung mit einem Verrückten, einer Bibel und einer jungen Frau erzählt wird und endlich das Kreuz von Eldorado ins Spiel kommt

Cartagena de Indias war wie ein hübsches Mädchen, das ausgestreckt am Meer liegt und erst bei Einbruch der Dunkelheit erwacht, um mit den Wellen zu tanzen. Die Stadt wurde Anfang des 16. Jahrhunderts neben einer weiten Bucht, die Ánimas genannt wird, gegründet und ist von drei Lagunen umgeben: den Lagunen von San Lázaro, Chambacú und Cabrero. Die Häuser Cartagenas bewahrten den ganzen Charme der Kolonialzeit und da Piraten jene Küsten unsicher machten – unter ihnen der berühmte Drake –, gab es unzählige alte spanische Festungen rund um die Stadt, angefangen vom Fort de la Tenanza im Osten bis zur Festung Manzanillo auf der anderen Seite der Bucht.

Und die Atmosphäre, die dort herrschte ... Ach, meine Freunde, sie war magisch, beunruhigend, aufregend und träge zugleich. Auch heute noch, wenn ich die Augen schließe, kann ich mich daran erinnern, wie sonntags vor und nach der Zwölfuhrmesse die weißen Trachten und bunten Tücher rund um die Kathedrale flatterten. Oder an das Kauderwelsch der Markthändlerinnen, die lautstark Papayas, Granatäpfel, Bananen und Kartoffeln anboten. Oder an die sinnliche Wärme der Nächte in Cartagena, mit dem Stimmengewirr der Lieder, die aus den nach exotischen Blumen duftenden Höfen aufstiegen. Schade, dass ich am Ende wie immer alles verderben sollte.

Nach der Ankunft in Cartagena klapperte ich erst einmal alle Kaschemmen ab, die es dort gab (und es waren viele, das kann ich beschwören), bis ich die fand, die mir am passendsten erschien. Sie hieß Café Boyacá und war eine geräumige und nicht allzu schmutzige Bruchbude, die gegenüber der Bucht in der Nähe des Hafens lag. Ihr Eigentümer war ein fetter, schwitzender Grieche namens Adamantios Zolotas und das Lokal diente trotz seines Namens allem anderen, aber gewiss nicht als Café. Aber das wirklich Interessante war, dass im Café Boyacá jeden Abend ausgedehnte Pokerrunden stattfanden. Der Kerl, der das Spiel organisierte, hieß Augustus Campbell, ein Yankee, der so dünn und traurig aussah wie ein Totengräber und offensichtlich für Zolotas, den Besitzer der Bar, arbeitete. Ihn nahm ich mir als Erstes vor.

Bevor ich fortfahre, erlaubt mir, liebe Leser, ein paar kurze Bemerkungen zum Poker. Die Leute sind der Ansicht, es handele sich um ein einfaches Glücksspiel, aber dem ist nicht so. Mein Vater pflegte zu sagen, Poker sei eine Wissenschaft und auch eine Kunst; vor allem aber ist es eine Frage der Psychologie. Ich wurde mit einer speziellen Gabe für das Pokern geboren. Ich wuchs mit einer Spielkarte in den Händen auf und mein Vater weihte mich in alle Geheimnisse des Spiels ein. Ich möchte euch einen Rat geben: Solange es Menschen wie mich gibt, haltet euch besser von Spielkarten fern.

Also gut, in jener Nacht, kurz nach unserer Ankunft in Cartagena, erschien ich in Begleitung Rasuls im Café Boyacá und näherte mich dem Tisch, an dem Campbell mit zwei Leuten Karten spielte. Ich bat darum, mitspielen zu dürfen, und der Yankee gab mir mit unmissverständlichem Gesichtsausdruck zur Antwort, es handele sich nicht um ein Spiel für Kinder. Seine Anspielungen schienen sich jedoch wie von Zauberhand in Luft aufzulösen, als ich eine Tasche mit Geld, das ich dank des Roulettes gewonnen hatte, auf die Tischplatte stellte. Augenblicklich war ich kein Kind mehr und durfte an der Partie teilnehmen.

Anfangs verhielt ich mich abwartend und versuchte meine Mitspieler einzuschätzen, wie es mich mein Vater gelehrt hatte. Dann setzte ich einen ernsten Gesichtsausdruck auf und in kaum einer Stunde hatte ich die anderen Spieler ausgenommen. Bei Campbell brauchte ich ein bisschen länger, weil er Berufsspieler war. Als er feststellte, dass er mich auf legalem Weg nicht besiegen konnte, fing er an falsch zu spielen, aber das tat ich auch und zwar besser als er, sodass ich ihm schließlich selbst den letzten seiner Centavos abnahm.

Der Yankee tobte. Er beschuldigte mich, ein Betrüger zu sein – er hatte nicht Unrecht, aber er war schließlich selbst einer, nicht wahr? –, und stürzte sich mit offensichtlich bösen Absichten auf mich. Da trat Rasul an meine Seite und richtete einen seiner schrecklichen Blicke auf den Yankee.

Ich war schon immer der Ansicht gewesen, dass Ali Akbars Augen bedrohlicher wirkten als die Läufe seiner Pistolen. Daher überraschte es mich nicht, als Campbell beschloss, die Gewalttat für einen günstigeren Moment aufzusparen, und – wenn auch ausgesprochen missmutig – das Lokal verließ. Ich sammelte meinen Gewinn ein, ging zu Zolotas, dem Besitzer der Bar, und sagte zu ihm: »Ich habe gerade ihren Freund, den Yankee, ausgenommen und das werde ich wieder tun, sooft ich auch mit ihm spiele, genauso wie ich jeden anderen miesen Zocker besiegen werde, der jemals diese Bar betritt. Auf diese Weise werde ich reich und Sie sehen nicht einen einzigen Peso.« Ich machte eine Pause, um dem Griechen Gelegenheit zu geben, meine Worte zu verarbeiten, und fügte hinzu: »Wie viel Provision zahlte ihnen Campbell?«

Zolotas, dessen rundes Gesicht Bestürzung ausdrückte, sah mich an, als wäre ich ein grüner Hund.

»Fünfzehn Prozent ...«, murmelte er.

»Sehr gut. Also, wenn Sie mir das Spielmonopol in Ihrem Salon gewähren, werde ich Ihnen zwanzig Prozent meines Gewinns abtreten. Und als Zeichen meines guten Willens ...« – ich legte das Geld, das ich gewonnen hatte, auf den Tresen, teilte es in zwei gleiche Teile und schob einen davon dem Griechen zu – »haben Sie hier fünfzig Prozent meiner heutigen Einnahmen. Einverstanden?«

Zolotas starrte die Scheine an, die ich ihm hingeschoben hatte. Nachdem er einige Sekunden lang überlegt hatte, zuckte er mit den Schultern, verwahrte das Geld in einem Beutel und sagte: »Du hast die Stelle.«

Und so wurde ich zum offiziellen Falschspieler des Café Boyacá. Na schön, Augustus Campbell nahm jenen Wechsel natürlich nicht gerade gutwillig hin; er engagierte am Kai zwei Schläger, die sich mit mir befassen sollten. Statt es mit mir zu tun zu bekommen, stießen sie jedoch zu ihrem Pech auf Rasul und ich weiß nicht, was genau bei diesem Zusammentreffen passierte, aber ganz sicher ist, dass die beiden Gorillas in höchster Eile aus Cartagena verschwanden und man nie wieder etwas von ihnen hörte.

Während der folgenden Monate wurde ich zur Legende. Jaime Mercader, der König der Karten, der Billy the Kid des Pokers, der beste Spieler der Karibik. Die Yankeematrosen, die das Café Boyacá besuchten, gaben mir einen Spitznamen: *Little Jim*, Kleiner Jim, und unter diesem Namen bin ich seither bekannt. Den schrecklichen Ali Akbar seinerseits nannte man den Syrer.

Von der Legende angezogen, eilten die Gäste zuhauf in Zolotas' Lokal, begierig, als Erste den unbesiegbaren Kleinen Jim zu schlagen. Niemandem gelang das jemals, aber das verhinderte nicht, dass die Bewohner der Stadt an meinem Tisch Schlange standen, um sich den Luxus zu erlauben, ihr Geld zu verlieren.

Ehrlich gesagt habe ich nie verstanden, weswegen die Leute gerne spielen. Für mich ist das Spiel kein Genuss, sondern Arbeit, und den einzigen Genuss, den ich daraus ziehe, ist der, den man einer gut geleisteten Arbeit abgewinnt, sonst nichts. Trotzdem scheinen die Leute bereit, neun von zehn Spielen zu verlieren, nur um das Gefühl eines gelegentlichen einsamen Triumphes genießen zu können. Die

Dummköpfe, die sich an meinen Tisch setzten, schwitzten und verdrehten die Hände – sie verwandelten sich in Nervenbündel, die darauf warteten, dass ihnen das nächste Spiel das Glück bringen würde, das ihnen bislang nicht hold gewesen war. Ich bin immer der Meinung gewesen, dass sie entweder blöd oder krank sein müssen, und sollte ich eines Tages so etwas für das Spielen empfinden, würde ich nie wieder in meinem Leben eine Karte anfassen. Aber schließlich und endlich zwinge ich sie nicht zu dem, was sie tun. Ich beschränke mich darauf, aus ihren Schwächen Nutzen zu ziehen.

Und der Nutzen war beträchtlich, liebe Freunde. Rasul und ich mieteten ein hübsches Haus in der Stadtmitte, neben dem alten Palast der Inquisition, und gestatteten uns sogar den Luxus, ein paar Bedienstete anzustellen. Einer von ihnen war ein Junge meines Alters, ein Mestize namens Napoleón Martínez, der sich um eine Reihe von Dingen kümmerte und den man genau im Auge behalten musste, weil es sich um einen gerissenen Schlingel handelte. Aber mir war er sympathisch, vielleicht, weil er mir im Grunde sehr ähnlich war. Ein weiteres Mitglied der Dienerschaft war eine beleibte Frau, die schwarz wie Teer war. Sie hieß Yocasta Massemba und kochte für uns, wusch und bügelte die Wäsche und putzte das Haus.

Yocasta war eine Persönlichkeit für sich. Sie war in Afrika geboren worden, aber bereits als kleines Mädchen wurde sie von einer Gruppe Sklavenhändler gefangen genommen und wie eine Ware nach Amerika transportiert. Ein Großgrundbesitzer spanischer Abstammung, Bartolomé Bustamante, ein sehr gebildeter Mann, der auf Grund einer degenerativen Krankheit allmählich blind wurde, kaufte sie. Dieser Señor Bustamante, damals ein junger Mann in den Zwanzigern, ordnete an, das Mädchen Yocasta solle lesen und schreiben lernen, damit sie, sobald er völlig das Augenlicht verloren hätte, seine Augen ersetzen könnte.

Und so kam es. Vierzig Jahre lang las Yocasta jeden Tag ihrem Herrn vor. Sogar nachdem die Sklaverei abgeschafft worden war. Ab jetzt bezog sie Lohn, aber sie stand dem Haus weiterhin zu Diensten. Sie las hunderte und tausende von Büchern laut vor und weil sie alles andere als dumm war, eignete sie sich so eine ebenso umfassende wie erstaunliche Bildung an.

Ihr Herr war vor kurzem gestorben, weswegen sie nun in meinem Haus arbeitete. Nie empfand sie vor mir auch nur den geringsten Respekt und versäumte keine Gelegenheit sich über meine Eitelkeit und meine Jugend lustig zu machen. Vermutlich hätte ich sie deswegen eigentlich entlassen sollen, aber Yocasta war eine gebildete Frau, mit der man sich gerne unterhielt, und außerdem kochte sie den besten Hühnereintopf von ganz Cartagena.

Nun gut, wie schon gesagt, Rasul und mir war das Glück hold. Aber dann, es war im Juni 1903, stellte sich mir eine alte Geschichte, die Legende vom Kreuz von Eldorado, in den Weg. Alles fing damit an, dass ich einen alten Säufer kennen lernte, den man *Tadeo el Loco*, Tadeo den Verrückten, nannte.

Eines Abends, bevor wir ins Café Boyacá gingen, machten Rasul und ich einen Spaziergang in der Nähe der Kais. Ich trug einen weißen Anzug in tadelloser Ausführung und meinen Kopf zierte ein weißer Hut mit breiter Krempe, was ich für den Gipfel der Eleganz hielt, obwohl er mich sicherlich eher zu dem machte, was ich in Wirklichkeit war: ein eitler Falschspieler und Angeber. Um das Bild zu vervollständigen, hatte ich mir zu jener Zeit einen schmalen Schnurrbart stehen lassen, auf den ich trotz seiner spärlichen Dichte besonders stolz war.

Jedenfalls spazierten wir in aller Ruhe durch den Hafen, als ich bemerkte, dass sich in der Nähe der Mole drei kräftige Matrosen unter Gelächter damit vergnügten, einen am Boden liegenden armen Kerl mit Füßen zu treten. Ich sah genauer hin und bemerkte, dass es sich um den alten Tadeo handelte, einen harmlosen Verrückten, der sich in der Umgebung der Stadt herumtrieb. Kurzum, jene Angelegenheit kam mir sehr unerfreulich vor, sodass ich Ali Akbar gegenüber bemerkte, es sei vielleicht angebracht, einzugreifen. Der Ruf des Syrers musste ihm vorausgeeilt sein, denn sobald die drei Matrosen ihn sahen, flüchteten sie in höchster Eile.

Tadeo der Verrückte war etwa siebzig Jahre alt, trug einen enorm langen Bart und seine grauen Haare wuchsen ihm wirr bis zu den Schultern. Ansonsten stank er nach billigem Rum. Ich fragte ihn, ob es ihm gut gehe und er bestätigte es mir mit einem unverständlichen Grunzen. Da er offensichtlich keine weiteren Verletzungen davongetragen hatte als ein paar oberflächliche Prellungen, drückte ich ihm einige Geldstücke in die Hand und sagte: »Na los, alter Mann, gehen Sie schlafen und seien Sie vorsichtiger mit den Fremden.«

Der arme Alte stand taumelnd auf und betrachtete verblüfft das Geld, das ich ihm gegeben hatte, während ich mich gleichgültig entfernte, überzeugt, dass damit alles erledigt war, während die Sache in Wirklichkeit doch gerade erst begonnen hatte.

Offensichtlich bringen mir Geburtstage immer ein unerwartetes Geschenk, denn zwei Tage nach meiner Begegnung mit Tadeo, am 21. Juni, dem Datum, an dem sich zum sechzehnten Mal mein Verbleib auf diesem Planeten jährte, geschah etwas, das mein Leben verändern sollte.

Ich erinnere mich, dass es Nacht war und in Strömen regnete. Im Café Boyacá hielten sich nur wenige Gäste auf und weil sich keiner von ihnen für Poker zu interessieren schien, saß ich an einem Tisch und schlürfte verdrießlich an einem Erfrischungsgetränk, während ich eine Patience legte. Kurz vor Mitternacht öffnete sich plötzlich die Tür und Tadeo der Verrückte betrat das Lokal. Er war durchnässt, aber nicht betrunken. Erfüllt von einer seltsamen Würde, die so gar nicht zu einem schwachsinnigen Vagabunden passte, kam er auf mich zu und sagte mit tiefer Stimme: »Jaime Mercader, ich möchte gegen dich spielen.«

Ich warf einen ironischen Blick aus den Augenwinkeln auf Rasul, der die Szene gleichgültig beobachtete.

»Lassen Sie Ihr Geld stecken, alter Mann«, antwortete ich. »Na los, trinken Sie etwas am Tresen. Ich gebe einen aus.«

Tadeo der Verrückte schüttelte den Kopf.

»Ich will nicht trinken. Ich will gegen dich spielen«, wiederholte er

Gut, dachte ich, wenn er darauf bestand, wäre es unhöflich von mir, abzulehnen.

»Einverstanden, alter Mann«, willigte ich ein. »Was wollen Sie spielen? Poker, Skat, Rommee, Blackjack ...?«

»Diese teuflischen Spiele kenne ich nicht. Wetten wir um die höchste Karte.«

Ich zuckte mit den Schultern, mischte die Karten und breitete sie mit dem Bild nach unten fächerförmig auf dem Spieltisch aus.

»Was ist der Einsatz?«, fragte ich.

Tadeo der Verrückte nahm eine alte Bibel aus seiner Tasche und legte sie auf den Tisch.

»Das ist der Einsatz. Wie viel ist dir das Wort Gottes wert?«

Ich lächelte, als wäre all dies ein kleiner Scherz und legte einen Hundertpesoschein dazu. Tadeo der Verrückte betrachtete das Geld geringschätzig, nahm aufs Geratewohl eine Karte und drehte sie um. Es war die Karodame. Ich trank einen Schluck, wählte mit sorglosem Gesichtsausdruck eine Karte und drehte sie mit dem Bild nach oben. Ich habe immer Glück im Spiel gehabt: Es war der Pikkönig. Der Alte steckte die Niederlage mit einem rätselhaften Lächeln ein.

»Es ist Gottes Wille«, sagte er.

Dann heftete er seinen durchdringenden Blick auf mich und fuhr fort: »Du bist ein äußerst schlauer Sünder, Jaime Mercader, aber irgendetwas Gutes musst du an dir haben, wenn dich der Herr als Werkzeug seiner Gerechtigkeit auserwählt hat. Jetzt wirst du dafür sorgen, meine Schuld zu tilgen.«

Er streckte die Hand aus und schob mir die Bibel zu. »Behalte sie ruhig, suche bei Markus, entschlüssle seine Worte und du wirst den Weg finden, der zum Kreuz führt.«

»Na, na, alter Herr«, erwiderte ich großmütig. »Ich brauche Ihre Bibel nicht, behalten Sie sie. Und nehmen Sie auch das Geld.«

»Jetzt gehört die Bibel dir«, erwiderte Tadeo der Verrückte. »Was mich betrifft, so ist alles bereits zu Ende, ich brauche nichts mehr.« Mit einem sehnigen Finger zeigte er mahnend auf mich und fügte hinzu: »Suche das Kreuz, Jaime Mercader. Und tue Buße für mich.«

Nachdem er das gesagt hatte, drehte er sich um und verließ mit der Würde eines Propheten, der in die Wüste geht, das Café Boyacá. Ich trank aus, nahm die Bibel und ging zu Zolotas, der hinter dem Tresen stand und ein paar Gläser polierte.

»Wie viel ist dir das Wort Gottes wert, Adamantios?«, fragte ich ihn spöttisch. Ich legte die Bibel vor ihn und fügte hinzu: »Hier, das ist dein Gewinn dieser Woche.«

Zolotas fing an zu lachen.

»Scherze nicht in Geldangelegenheiten, Kleiner Jim, das bekommt meinen Nerven nicht.«

Nichtsdestotrotz griff dieser habgierige Grieche nach der Bibel und verwahrte sie hinter dem Tresen. Was mich betraf, so setzte ich mich wieder an den Spieltisch, begann eine neue Patience zu legen und vergaß den Vorfall völlig. Bis zum nächsten Tag.

Denn am nächsten Tag fand man die Leiche von Tadeo dem Verrückten, aufgeknüpft mit einem Strick um den Hals.

Die Nachricht vom Selbstmord jenes armen Alten traf mich heftiger als erwartet. Ich kannte ihn kaum; monatelang hatte ich ihn seine Verrücktheit in den Straßen von Cartagena spazieren führen sehen und nie hatte ich ihm Beachtung geschenkt. Dennoch fühlte ich mich jetzt teilweise für seinen Tod verantwortlich. Vielleicht hatte ich ihn, als ich jene alte Bibel gewann, des Einzigen beraubt, das er besessen hatte, und das hatte ihn dazu gebracht, sich das Leben zu nehmen. Es schien nicht besonders logisch, aber wer weiß schon, was sich im Geist eines armen Verwirrten abspielt? Jedenfalls führten diese unbestimmten Gewissensbisse dazu, dass ich das Haus des verstorbenen Tadeo des Verrückten aufsuchte. Auch wenn der arme Teufel natürlich gar nicht so geheißen hatte. Die örtliche Zeitung hatte die Nachricht von seinem Tod gebracht und enthüllt, dass sein wahrer Name Tadeo Guevara y Ortiz gewesen war, wie man anhand der Dokumente ermittelte, die sich in seinem Besitz befanden.

Der Alte hatte etwas außerhalb, südöstlich der Stadt in der Nähe von Chambacú, in einem Ziegelsteinhaus gelebt, das von einem großen vernachlässigten und eingezäunten Garten umgeben war. Direkt hinter dem Haus entdeckte ich den Baum, an dem sich Tadeo erhängt hatte. Es hing noch immer ein mit einem gleitenden Knoten versehener Strick von einem der Äste herab. Am Fuß des Baumes befand sich ein Grab, das mit einer grob zugeschnittenen Platte aus Granit bedeckt war. Auf ihr hatte jemand, vielleicht Tadeo selbst, mit dem Meißel eingraviert:

ADELA K. SORVEDO ZURDON

Ich nahm an, jene Adela sei Tadeo Guevaras Ehefrau gewesen und ihr Tod vielleicht der Grund für die Verrücktheit des Alten. Später, als Tadeo der Verrückte beschlossen hatte, sich das Leben zu nehmen, tat er es neben ihrem Grab und suchte im Tod den Weg, seine geliebte Adela wiederzugewinnen. Letzten Endes war das alles nur meiner Fantasie entsprungen, aber es schien mir eine hübsche und romantische Geschichte zu sein.

Ich blieb ein paar Augenblicke und betrachtete jenes melancholisch stimmende Grab, dann wandte ich mich dem Haus Tadeo Guevaras zu. Es handelte sich um ein einstöckiges Gebäude mit hölzernem Satteldach und Wänden aus gekalktem Ziegel. Die Tür stand halb offen, sodass ich gegen den Türflügel aus Eiche drückte, das Haus betrat ... und mit aufgesperrtem Mund stehen blieb.

Tadeo der Verrückte musste ein religiöser Fanatiker gewesen sein, denn alle vier Wände seines Heims waren vollständig mit Fresken bedeckt, die Motive aus dem Leben Christi darstellten und eine Art tropische Sixtinische Kapelle bildeten. Das Ganze wirkte nicht wie die Arbeit eines professionellen Malers, sondern wie das etwas kindliche Ergebnis des Pinsels eines Amateurs, daher vermutete ich, dass Tadeo selbst ihr Schöpfer gewesen war.

Ich näherte mich einer der Wände und betrachtete ungläubig jenes verwirrende Mosaik biblischer Gestalten: Jesu Versuchung, die Bergpredigt, die Auferstehung des Lazarus ... links, in der Nähe der Decke, Mariä Himmelfahrt und weiter oben die Huldigung der Könige und das Urteil des Pilatus. Es gab hunderte bunter Bilder, eines dicht ans andere gedrängt, die sich ohne erkennbaren Zusammenhang mit Zitaten aus den Evangelien vermischten. Um die Wahrheit zu sagen, dieses buntscheckige Gewimmel machte einen ein bisschen schwindelig.

Ich trat von der Wand zurück und sah mich um. Es gab einen Bettsack, zwei Stühle, einen Tisch, einen Wandschrank und ein Bücherregal, auf dem ein Dutzend staubiger Bände ruhte. Sonst nichts. Ich ging zu dem Regal und nahm die Bücher in Augenschein: ein Exemplar von *Don Quijote*, ein Geografiebuch, eine Anthologie mit Erzählungen von Edgar Allan Poe, einige religiöse Bücher, eine Sammlung der *Dialoge* von Platon und ein paar Gedichtbände.

Damals war es gar nicht leicht, in Cartagena an Bücher zu kommen, denn die Bewohner der Stadt waren zum Großteil Analphabeten, daher nahm ich die Bände an mich.

Ich betrachtete es nicht als Diebstahl, sondern als Rettung, denn dem alten Tadeo nutzten sie sowieso nichts mehr und höchstwahrscheinlich würden sie sonst auf dem Müll landen.

Ich verließ das Haus des verstorbenen Guevara mit seinen Büchern unter dem Arm, und obwohl ich dem damals keinerlei Bedeutung zumaß, zeigte sich später, dass jene kleine Unterschlagung eine wichtige Rolle auf meinem Weg ins Verderben spielen sollte.

Zu jener Zeit lebte ich seit zweieinhalb Jahren in Kolumbien. Wenn ich zurückblickte, schien mir meine Vergangenheit in Spanien sehr fern und fremd, und selbst die Gestalt meines Vaters verblasste allmählich in meiner Erinnerung. Ich war sehr jung und für mich gab es nur eine lang andauernde Gegenwart, in der nichts außer dem Nächstgelegenen einen Wert hatte.

Und mit der gleichen Geschwindigkeit, mit der ich meine Vergangenheit vergaß, wurde auch der Selbstmord von Tadeo dem Verrückten Teil der verlorenen Erinnerung. Bis eines Tages, kaum drei Wochen nach dem Tod des Alten, die Angelegenheit wieder auflebte und die Form eines hübschen Gesichts, einer schlanken Gestalt und eines teuflischen Charakters annahm.

Ihr Name war Antonia und sie war etwa zwanzig Jahre alt. Sie hatte braunes Haar, dunkle Augen und ein ovales Gesicht, das die schönste Sache der Welt zu sein schien, sobald sie lächelte. Zweifellos war sie ein reizendes Mädchen, aber unter ihrer samtenen Schönheit konnte man einen eisernen Willen ausmachen, was mir sofort bewusst wurde, als ich sie sah.

Sie tauchte eines Tages unangemeldet in meinem Haus auf. Ich war gerade aus der Siesta erwacht, als Yocasta an meine Schlafzimmertür klopfte und mir Besuch ankündigte. Ich ging ins Wohnzimmer hinunter und fand dort Antonia vor, die mit sehr aufrechtem Rücken auf einem Stuhl saß.

»Señor Mercader?«, fragte sie und erhob sich. »Entschuldigen Sie bitte, dass ich einfach so unversehens hier hereinplatze, aber ich bin gestern aus Santa Marta angekommen und ich bin in Eile. Ich will Sie nicht lange aufhalten, daher komme ich gleich auf den Punkt. Es handelt sich um meinen Großvater.«

»Ihren Großvater ...«, wiederholte ich ein wenig dümmlich.

»Meinen verstorbenen Großvater, um genau zu sein. Aber erlauben Sie mir, dass ich mich vorstelle: Ich bin Antonia Guevara, Enkelin von Tadeo Guevara, hier in Cartagena besser bekannt unter dem unglücklichen Beinamen Tadeo der Verrückte.«

»Tadeo der Verrückte ...«, wiederholte ich erneut.

»So ist es.« Sie lächelte mich engelsgleich an. »Sehen Sie, Señor Mercader, ich wurde sehr früh Waise und lange Zeit dachte ich, ich hätte gar keine Familie, bis ich eines Tages erfuhr, dass der Vater meines Vaters, Tadeo Guevara, ein armer geistig Verwirrter, vor vielen Jahren verschwunden war und niemand je wieder etwas von ihm gehört hatte. Aber vor kurzem bekam ich eine Zeitung aus Cartagena in die Hand, in der ich bestürzt die Nachricht über den Selbstmord meines Großvaters lesen musste. Sie werden verstehen, welch schrecklichen Schlag es für mich bedeutete zu erfahren, dass mein einziger Familienangehöriger unter solch furchtbaren Umständen gestorben war. Daher entschloss ich mich, nach Cartagena zu kommen, um mich darum zu kümmern, dass er ein christliches Begräbnis erhielte, und um nebenbei auch ein paar seiner persönlichsten Besitztümer wiederzuerlangen, die ich als Andenken aufbewahren möchte. Zum Beispiel seine Bibel.«

»Seine Bibel ...« Wenn ich weiterhin die Worte der jungen Frau wiederholte, würde sie mich noch für einen Papagei halten, daher fügte ich hinzu: »Welche Bibel?«

»Ich habe mich hier ein bisschen umgehört, Señor Mercader, und man hat mir gesagt, dass mein Großvater in der Nacht vor seinem Tod im Café Boyacá war und mit Ihnen Karten spielte. Er wettete um seine Bibel. Und Sie haben gewonnen.« Ein neues und bezauberndes Lächeln erhellte ihr Gesicht. »Ich möchte sie wiederhaben, Señor Mercader, und ich wäre bereit, für sie zu bezahlen ... sagen wir, einhundert Dollar.«

»Einhundert Dollar ...«, konnte ich nicht umhin Antonia erneut – nun zum vierten Mal – nachzusprechen.

»Oh, einverstanden. Zweihundert und wir sprechen nicht mehr darüber.« Sie öffnete die kleine Tasche, die sie am Arm trug und zog ein Bündel Scheine hervor.

In der Zwischenzeit jagten sich meine Gedanken. Mein

Vater pflegte immer zu sagen: »Misstraue den Extremen, Jaime, denn sie sind die bevorzugte Zuflucht der Lüge.« Und diese junge Frau wirkte extrem nett, extrem aufrichtig und extrem unschuldig, was alles in allem extremen Argwohn in mir weckte. Außerdem konnte ich mir nicht vorstellen, dass irgendjemand bereit sein sollte, zweihundert Dollar für die alte Bibel eines unbekannten Familienmitglieds zu bezahlen. Da stimmte doch etwas nicht, daher sagte ich: »Es tut mir Leid; ich habe Ihren Großvater nur ein paar Mal gesprochen und nie Karten mit ihm gespielt. Und erhielt auch keine Bibel von ihm.«

Antonia hob eine Augenbraue. »Aber man hat mir versichert, dass er Ihnen seine Bibel übergab.«

»Dann hat man Sie eben schlecht informiert.«

»Und er hat Ihnen auch nichts von einem Kreuz gesagt?«, fragte sie nach.

Ich schüttelte den Kopf.

Antonia sah mich daraufhin fest an, schweigend, und ich setzte mein bestes Pokerface auf.

»Was ist denn mit Ihrem Gesicht passiert?«, fragte sie auf einmal.

»Wie bitte?«

»Über der Oberlippe. Es sieht aus wie ein Hautausschlag oder irgendein schwammiges Geschwür ...«

Ich runzelte die Stirn und war, offen gestanden, ärgerlich.

»Das ist ein Schnurrbart«, sagte ich würdevoll.

»Ah, ein Schnurrbart ... Gut, Señor Mercader, ich möchte nicht länger Ihre wertvolle Zeit in Anspruch nehmen. Wenn Ihnen noch etwas einfällt, was mit der Bibel meines Großvaters zu tun hat, lassen Sie es mich bitte wissen. Ich bin im Gasthaus Cartagena abgestiegen. Auf Wiedersehen.«

Ich begleitete sie zur Tür und ging anschließend ins Schlafzimmer, wo ich mich einige Sekunden lang im Spiegel über dem Waschbecken betrachtete. Sehr zu meinem Leidwesen musste ich zugeben, dass jener Schnurrbart, der mich mit so großem Stolz erfüllte, einfach jämmerlich aussah. Missmutig griff ich nach Seife und Messer und begann mich zu rasieren. Währenddessen kreisten meine Gedanken unaufhörlich um dieselbe Frage: Warum war diese Bibel so wichtig?

Nun gut, es gab nur eine einzige Möglichkeit, die Antwort darauf herauszubekommen, und sobald die Rasur beendet war, machte ich mich auf den Weg ins Café Boyacá.

Adamantios Zolotas, der bequem an einem der Cafétische saß, sah mich an, als würde ich nach den Schlüsseln zum Tempel des Salomon fragen.

»Von welcher Bibel sprichst du, Kleiner Jim?«

»Von der Bibel von Tadeo dem Verrückten, verflucht. Ich habe sie dir vor drei Wochen gegeben, als der Alte mit mir Karten spielte.«

Zolotas dachte während einiger Sekunden so heftig nach, dass ihm der Schweiß in Strömen über die Stirn zu laufen begann.

»Ach, *diese* Bibel ...«, sagte er schließlich und fügte mit einem Schulterzucken hinzu: »Ich weiß nicht, wo sie ist.«

»Was soll das heißen, du weißt es nicht? Ich mache dir ein Geschenk und schon nach ein paar Tagen hast du es verloren. Sehr schön, Mann.«

»Reg dich nicht auf, Kleiner Jim«, sagte der dicke Wirt und lächelte einfältig. »Sie wird schon irgendwo hier sein, such sie doch selbst.«

Das Lokal war geschlossen und menschenleer, daher machte ich mich daran, überall zu suchen, und verfluchte in immer lauterem Ton Zolotas' Mangel an Empfindsamkeit. Ich durchforstete gewissenhaft jede Ecke des Cafés, fand jedoch keine Spur der verlorenen Bibel – bis ich in den Weinkeller hinabstieg. Dort lag sie auf dem Boden unter einem Schrank, dem ein Fuß fehlte. Ich stürzte mich auf sie und zog sie mit einem Ruck hervor, was dazu führte, dass das Möbelstück mit lautem Krachen umfiel.

Als ich in den Schankraum zurückkehrte, wartete Zolotas schon auf mich: »Was war das für ein Lärm? Wenn du etwas zerbrochen hast, wirst du dafür zahlen, Kleiner Jim.«

»Wer kommt schon auf die Idee, mit einer Bibel einen Schrank abzustützen?«, antwortete ich ihm und fuchtelte mit dem Buch vor seiner Nase herum. »Was bist du bloß für ein Frevler?«

»Das ist eine katholische Bibel«, entschuldigte sich Zolotas, »und ich bin orthodoxer Christ.«

»Ein Heide, das bist du.«

Ich ging auf den Ausgang zu.

»Kleiner Jim«, hielt mich Zolotas zurück.

»Was ist?«

»Der Schnurrbart – du hast ihn abrasiert. Gute Idee.«

Ich musterte ihn verächtlich und während ich ihn zur Hölle wünschte, verließ ich das Lokal, wobei ich die geheimnisvolle Bibel unter den Arm klemmte, als handelte es sich um einen Schatz.

Zu Hause angekommen, schloss ich mich im Wohnzimmer ein und machte mich daran, die Bibel einer genauen Überprüfung zu unterziehen. Sie kam mir nicht anders vor als andere Bibeln; sie war in braunes Leder gebunden und hatte sehr dünnes Papier. Auf der ersten Seite stand ein Name in Schönschrift: Tadeo Guevara y Ortiz. Ich blätterte die Bibel flüchtig durch, entdeckte aber keine weitere Eintragung. Dessen ungeachtet umfasste dieses Buch mehr als eintausendfünfhundert Seiten, sodass es eine ganze Weile dauern würde, sie eine nach der anderen umzuschlagen.

Da erinnerte ich mich an das, was Tadeo der Verrückte am Abend vor seinem Tod zu mir gesagt hatte: »Suche bei Markus, entschlüssle seine Worte und du wirst den Weg finden, der zum Kreuz führt.«

Ich blätterte ungestüm durch das Markusevangelium und es dauerte nicht lange, bis ich eine Überraschung erlebte. Dort, an einer freien Stelle am Ende eines Textes, hatte Tadeo der Verrückte in sorgfältigen Buchstaben notiert: DAS KREUZ VON ELDORADO, und weiter unten folgte eine lange Ziffernfolge:

EAP-57-33-71-23-41-61-34-255-92-75-27-83-255-
24-102-54-189-33-142-57-109-27-26-57-54-81-
96-121-76-81-116-121-83-133-57-66-99-255-47-
76-80-116-61-57-143-67-25-255-130-61-86-27-
80-255

103-255-101-76-41-88-83-55-99-26-27-75-255-
96-84-81-66-38-33-107-27-26-189-57-81-92-75-
109-86-66-133

Jene offensichtlich zufällige Zahlenreihe schien keinerlei Sinn zu ergeben. Trotzdem machte mich das mit dem »Kreuz von Eldorado« neugierig. Außerdem hatten sowohl Tadeo der Verrückte als auch seine Enkelin ein Kreuz erwähnt. Daher wandte ich mich in dieser Angelegenheit an Yocasta, obwohl es mir nicht behagte, meine Unwissenheit einzugestehen.

»Bei dem Kreuz von Eldorado handelt es sich um eine Legende, Herr Jaime«, gab sie mir zur Antwort (ich weiß nicht weshalb, aber es gelang Yocasta immer, ihr »Herr Jaime« spöttisch klingen zu lassen). »Und ich verschwende meine Zeit nicht mit den Geschichten der alten Frauen«, fuhr sie fort. »Aber wenn dich die hiesige Mythologie interessiert – der Priester von Santo Domingo ist ein Experte auf diesem Gebiet.«

Ich nahm die Worte meiner schwarzen Dienerin mit gleichgültigem Kopfnicken auf, entfernte mich unbekümmert pfeifend und sobald ich sie nicht mehr sah, machte ich mich blitzschnell auf den Weg zur Kirche von Santo Domingo.

FÜNFTES KAPITEL

In dem ein Geheimnis gelüftet wird,
um einem anderen Rätsel Platz zu machen

Pater Buenaventura, der Priester von Santo Domingo, war ein Mann in den Fünfzigern von angenehmem und herzlichem Auftreten, der nichts dagegen hatte, meine Fragen zu beantworten. Er führte mich in die kleine Sakristei, setzte sich hinter einen alten Schreibtisch und dachte lange nach, bevor er mich fragte: »Weshalb interessiert dich das Kreuz von Eldorado, Jaime?«

»Oh, na ja«, ich setzte eine unschuldige Miene auf, »jemand hat mir von dieser Legende erzählt und da bin ich neugierig geworden.«

Der Geistliche machte eine Pause und nach einem Hüsteln begann er seinen Bericht: »Ich nehme an, du wirst von Eldorado gehört haben, Jaime. Zunächst einmal war *El Dorado* ein Mann, ein indianischer Häuptling, der zum Zeitpunkt der Sonnenwende mit Goldstaub bedeckt und in die Gewässer eines Sees getaucht wurde. Vielleicht hat diese Geschichte einen wahren Kern, aber es dauerte nicht lange und Eldorado verwandelte sich in eine mythische Stadt, die angeblich mit Gold gepflastert war. Sie hat nie existiert, aber die Spanier erfanden derartige Dinge oder solche wie das Gerücht der Sieben Städte von Cibola, um ihre Truppen zu motivieren. Seit dem 16. Jahrhundert wurden zahlreiche Expeditionen ausgerüstet mit dem Ziel, Eldorado zu finden, so auch die Expeditionen von Hohermuth, Federmann, Benalcázar, von Hutten oder die von Antonio und Fernando de Berrio.«

»Und was hat das alles mit einem Kreuz zu tun?«, unterbrach ich ihn.

»Sei nicht so ungeduldig. Im Jahr 1536 verließ eine Expedition unter der Leitung von Gonzalo Jiménez de Quesada, unter dessen Offizieren ein junger Leutnant namens Íñigo de Saavedra hervorstach, Santa Marta mit dem Ziel, dem Fluss Magdalena bis zu seiner Quelle zu folgen. Ein Jahr später erreichten die Expeditionsteilnehmer nach großer Mühsal die Stelle, an der heute Bogotá liegt, und dort blieben sie zunächst. Während ihres Vormarsches hatte Jiménez de Quesada den Eingeborenen große Mengen an Gold und Smaragden geraubt, aber dann erfuhr er von der Existenz einer Region namens Menza weiter im Süden, im Flachland, wo ein sehr reiches Volk einen der Sonne geweihten Tempel hatte bauen lassen, in dem man große Schätze aufbewahrte. Jiménez de Quesada versuchte in diese Richtung vorzudringen, aber die Überschwemmungen brachten ihn davon ab. Schließlich kehrte die Expedition 1538 nach Santa Marta zurück.«

»Und das Kreuz?«, hakte ich nach.

»Dazu kommen wir jetzt. Leutnant Íñigo de Saavedra

vergaß die Geschichte von diesem Ort namens Menza nicht, den er mit Eldorado in Verbindung brachte. Kaum war er nach Santa Marta zurückgekehrt, begann Saavedra nach Mitteln Ausschau zu halten, um eine neue Expedition auszurüsten, und erhielt die finanzielle Unterstützung der italienischen Bankiers Francesquini und Geraldini. Am Jahresende brach Saavedra, inzwischen zum Hauptmann befördert, mit vierhundert Mann auf, zog den Magdalena flussaufwärts und folgte dabei mehr oder weniger der Route von Jiménez de Quesada. Sie erreichten Bogotá und rückten weiter nach Süden vor, durchquerten das Flachland und drangen immer weiter ins Landesinnere ein. Menza oder Eldorado fanden sie nicht, aber stattdessen viele Eingeborenenstämme, denen sie, wie auch schon Quesada, all ihr Gold und ihre Edelsteine raubten. Und sie setzten ihren beschwerlichen Weg in Richtung Süden bis zum heutigen Ecuador fort. Damals hatte Saavedra bereits zweihundert seiner Soldaten durch Krankheiten und Scharmützel mit den Indios verloren. Als sie die Region Huila erreichten, wurden sie von einer großen Anzahl Eingeborener angegriffen, die sie nach blutigem Kampf zwar besiegten, allerdings um den Preis, ihre Streitkräfte auf zweiundsiebzig Mann reduziert zu sehen. Saavedra selbst war verwundet und die Expeditionsteilnehmer mussten in einer Siedlung der Quimbaya-Indios Unterschlupf suchen, wo sie gastfreundlich aufgenommen wurden. Aber Saavedra war sehr krank und weil er sein Ende nahen fühlte, wollte er sich mit einem ganz besonderen Weihgeschenk Gottes Gnade sichern: Er befahl, das Gold, das sie den Indios geraubt hatten, einzuschmelzen und daraus ein großes Kreuz anzufertigen, in das sie die Smaragde einlassen sollten, die aus ihren Plünderungen stammten. Unter den Quimbaya-Indios gab es vorzügliche Goldschmiede, die den Auftrag hervorragend ausführten und das prächtige Werk schufen, das später als Kreuz von Eldorado bekannt werden sollte. Saavedra genas von seinen Wunden und gewann Stück für Stück seine Gesundheit wieder. Seine Männer wollten daraufhin nach Santa Marta zurückkehren, aber der Hauptmann weigerte sich, da sie Eldorado noch nicht gefunden hätten. Noch immer nicht völlig gesund, stellte sich Íñigo de Saavedra an die Spitze seiner entmutigten Männer, nahm das Kreuz mit sich und zog weiter nach Süden. Später verschwand die Expedition.«

»Sie verschwand?«, wiederholte ich wie ein Papagei. Der Bericht des Priesters begann mich immer mehr zu interessieren.

»Sie löste sich irgendwo zwischen den Anden und dem Dschungel in Nichts auf. Und wir hätten nie wieder etwas von ihr erfahren, wenn nicht zwei Männer Saavedras, Segundo García und Miguel de Oñate, die katastrophalen Ereignisse, die die Expedition beendeten, überlebt hätten. Ihnen gelang es, im Jahre 1540 nach Santa Marta zurückzukehren. García starb kurz darauf am Gelbfieber, aber Oñate lebte lange genug, um von dem Geschehenen zu berichten. Nachdem sie die Siedlung der Quimbaya-Indios verlassen hatten, drangen die Expeditionsteilnehmer in einen dichten Urwald ein, wo sie erneut von Eingeborenen angegriffen wurden und sich gezwungen sahen, die Flucht zu ergreifen. Bei jenem Zwischenfall ließen die meisten Spanier ihr Leben, aber einige, kaum mehr als zwanzig, fanden Zuflucht in einer Ortschaft in den Bergen. Unter ihnen befand sich ihr Hauptmann, der erneut im Kampf verwundet worden war. Saavedra hatte diesmal nicht so viel Glück, denn er starb wenige Tage später. Oñate zufolge errichteten seine Männer einen kleinen Altar in einer Höhle nahe der Eingeborenensiedlung, stellten dort das Kreuz von Eldorado auf und legten den Leichnam Íñigo de Saavedras zu seinen Füßen. Einige Zeit danach versuchten die Überlebenden nach Santa Marta zurückzukehren, aber wie ich bereits erwähnte, gelang das nur zweien.«

»Und dieser Oñate sagte nicht, wo sich das Kreuz befand?«

»Nein. Offensichtlich kannte noch nicht einmal er selbst den genauen Standort, was angesichts der gebirgigen Landschaft jener Gegend nicht verwunderlich ist.«

»Das Kreuz von Eldorado ...«, sagte ich, nachdem ich einige Augenblicke nachgedacht hatte, »wie groß ist es, wissen Sie das?«

»Das Kreuz wurde aus neunzehntausend Goldpesos gefertigt, das entspricht etwa fünfundachtzig Kilo Gold. Es war zwei Meter hoch und anderthalb Meter breit und besetzt mit dreihundert Smaragden von höchster Reinheit. Scheint dir das groß genug?«

Ich unterdrückte das Verlangen, einen bewundernden Pfiff auszustoßen.

»Und niemand machte sich später auf die Suche nach dem Kreuz?«, fragte ich.

»Oh doch, viele. Während des 16. und 17. Jahrhunderts richtete man zahlreiche Expeditionen aus, die nach ihm suchten, aber man hat es nie gefunden.«

»Und unlängst? Hat jemand innerhalb der letzten beiden Jahre danach gesucht?«

Pater Buenaventura bat mich einen Moment zu warten und verließ die Sakristei, um nach wenigen Minuten mit einem umfangreichen Buch zurückzukehren, das er auf den Schreibtisch legte. Er blätterte eine Weile in dem Wälzer, bis er schließlich gefunden zu haben schien, was er suchte.

»Der letzte Versuch das Kreuz zu finden«, sagte er ohne die Augen von dem Text zu heben, den er zu Rate zog, »zumindest der letzte, über den Gewissheit herrscht, fand vor zweiunddreißig Jahren statt. 1871 finanzierte Simon Welser eine Expedition und stellte sie unter den Befehl dreier Männer, bei denen es sich um den Ingenieur Augustín Espejo, den Kartografen Tomás López de Lara und den Historiker Tadeo Guevara y Ortiz handelte. Wie es scheint, verirrten sich die Expeditionsteilnehmer im Urwald und kehrten nie wieder zurück nach ...«

Ich schenkte ihm keine Aufmerksamkeit mehr. Unzählige Alarmglocken hatten in meinem Kopf zu läuten begonnen. Tadeo Guevara, Tadeo der Verrückte, hatte an einer Expedition teilgenommen, die das Kreuz von Eldorado ausfindig machen wollte! Und das, meine Freunde, warf ein ganz neues Licht auf den Fall. Wie eine Feder schnellte ich auf, dankte dem Priester für seine Ausführungen und entschuldigte mich damit, dass irgendeine Angelegenheit meine Anwesenheit an einem anderen Ort erforderte.

»Du bist doch der junge Mann, den man Kleiner Jim nennt, der Spieler, nicht wahr?«, sagte Pater Buenaventura. »Ich nehme an, du weißt längst, dass das Leben, das du führst, nicht gerade das angemessenste für jemanden deines Alters ist. Eigentlich ist es für niemanden angemessen. Aber ich werde dir keine Predigt halten, sei unbesorgt.« Schweigend betrachtete er mich einige Sekunden lang. »Ich sehe die Habgier in deinen Augen, Jaime, und das ist eine der gefährlichsten Sünden«, seufzte er. »Viele vor dir haben schon das Kreuz von Eldorado gesucht und alle sind gescheitert.«

Ich täuschte ein Lachen vor und versicherte ihm, dass ich gar nicht die Absicht hegte, irgendeinen Schatz zu suchen. Aber er schien mir nicht zu glauben, denn er sah mich traurig an und sagte: »Wenn du in dem Kreuz das suchst, wofür es steht, dann wirst du einen großen geistigen Schatz finden. Aber wenn du nur den materiellen Wert in ihm siehst, dann bist du verloren, Jaime, endgültig verloren.«

Ich pflichtete ihm mit einem Kopfnicken bei, murmelte einen Abschiedsgruß und machte mich eilig davon. Hätte ich den Worten Pater Buenaventuras größere Beachtung geschenkt, so hätte ich mir unendlich viele Probleme erspart, aber ich war jung und unbesonnen und, wie der Priester scharfsinnig erraten hatte, ich war von Habgier besessen.

Wieder zu Hause, zog ich mich mit Guevaras Bibel in mein Schlafzimmer zurück. So wie ich die Dinge sah, wusste der alte Tadeo etwas über das sagenhafte Kreuz von Eldorado, und was auch immer das war, er versuchte es mit Hilfe einer verschlüsselten Botschaft zu übermitteln. Das Problem war, dass mir jene Zahlenreihe – fünfundachtzig Zahlen, von denen sich viele mehrfach wiederholten – nichts sagte, ebenso wenig wie die drei Buchstaben, die am Anfang standen. Was zum Teufel sollte EAP bedeuten? Es war Kauderwelsch ohne jeglichen Sinn.

Bis in den späten Abend hinein versuchte ich diesem Zahlenrätsel irgendeine Bedeutung abzugewinnen. Ich erinnere mich, dass ich ab und zu, während ich mit der Nase über Guevaras Bibel hing, einen schwachen Zitronenduft wahrnahm, aber ich muss leider zugeben, dass ich nicht verstand, was das bedeutete.

Schließlich betrat gegen elf Uhr meine schwarze Dienerin das Schlafzimmer und brachte mir das Abendessen. Während sie das Tablett auf den Tisch stellte, sah Yocasta, womit ich mich beschäftigte, und meinte: »Es überrascht mich, dich so in das Wort Gottes vertieft zu sehen, Herr Jaime.« Sie bemerkte die Zahlenreihe und zog ironisch eine Augenbraue hoch. »Ach so, das hätte mich auch gewundert.« Sie wies auf die Zahlen und fügte hinzu: »Das ist ein kryptografischer Schlüssel.«

»Ein was?«

»Kryptografie, werter Herr Jaime; vom griechischen *criptos*, geheim, und *graphos*, Buchstabe. Das ist die Wissenschaft von der Anfertigung geheimer Botschaften. Mein früherer Herr, Señor Bustamante, der ein außerordentlich gebildeter Mann war, zeigte immer großes Interesse für dieses Thema. Ich musste ihm die Werke aller großen Kryptografen vorlesen, wie die von Vigenère, dem Abt Trithemius, Auguste Kerckhoffs ...«

»Einen Augenblick, einen Augenblick«, unterbrach ich sie. Wenn Yocasta anfing zu schulmeistern, war sie unerträglich. »Willst du damit sagen, du weißt, wie man das hier entziffert?«

»Oh nein, Herr Jaime, ich bin nur eine arme ungebildete Schwarze.« Sie sah mich ironisch an. »Aber dieser Geheimcode sieht nicht sehr kompliziert aus, oder? Es handelt sich um das Ersetzungsverfahren, bei dem jede Zahl einem Buchstaben entspricht.«

»Aber hier stehen mehr Zahlen als es Buchstaben im Alphabet gibt«, wandte ich ein.

»Natürlich, denn die Sache ist nun doch nicht ganz so einfach.« Yocasta überlegte einen Moment, während sie über meine Schulter hinweg die chiffrierte Nachricht betrachtete. »Ich würde sagen«, fuhr sie fort, »dass diese Zahlen für die Seiten eines Buches stehen.«

»Wie bitte?«

»Die Seiten von Büchern sind nummeriert, werter Herr Jaime«, sagte sie in einem Tonfall, in dem sie mit einem Zurückgebliebenen gesprochen hätte. »Und jede Seite enthält einen Teil des Textes, der logischerweise mit einem Buchstaben beginnt. Um eine solche Nachricht zu verschlüsseln, braucht man bloß ein Buch in die Hand zu nehmen, irgendeines, und jeden Buchstaben in der Nachricht durch die Zahl einer Seite zu ersetzen, die mit diesem Buchstaben beginnt. Es ist ganz einfach.«

»Mit anderen Worten: Da diese Nachricht mit der Zahl

57 beginnt, muss man auf Seite siebenundfünfzig der Bibel nachschlagen und den ersten Buchstaben des Textes nehmen.«

»Oh, das weiß ich nicht, Herr Jaime«, erwiderte Yocasta ironisch, während sie das Schlafzimmer verließ. »Ich bin nur eine dumme Schwarze und du der intelligente und gebildete weiße Mann.«

Ich war so begeistert, dass ich ihren Sarkasmus überhörte. Ich nahm Bleistift und Papier zur Hand und stürzte mich wie ein Verrückter darauf, die Zahlen Guevaras durch die ersten Buchstaben der entsprechenden Bibelseiten zu ersetzen. Wenige Minuten später musste ich einsehen, dass dies nicht der richtige Weg war. Der entstandene Text fing so an: IDDAMPDY, und der Rest war genauso absurd.

Ich stützte die Ellbogen auf den Tisch und den Kopf in die Hände. Möglicherweise hatte sich Yocasta geirrt und dies war das falsche Entschlüsselungssystem. Oder aber das System war korrekt, aber nicht das Buch, auf das es sich bezog.

Und was, dachte ich, wenn der Text, der als Schlüssel für die Nachricht diente, nicht die Bibel war? Dann musste es eines der anderen Bücher Guevaras sein. Und diese Bücher befanden sich in meinem Besitz!

Wie ein geölter Blitz sauste ich in die Bibliothek und untersuchte die Bände, die ich aus dem Haus Guevaras mitgenommen hatte. Es waren zwölf; ich ließ den Blick über *Don Quijote* schweifen, das Geografiebuch, die Gedichtsammlungen ... hielt bei der Anthologie von Poe inne und begriff sofort, dass dies der Schlüssel zum Entziffern der

Nachricht war. Woher ich das wusste? Ganz einfach. Erinnert ihr euch an das seltsame Wort, das am Anfang der Zahlenreihe stand? EAP. Nun, es handelte sich nicht um ein Wort, sondern um Initialen. Nämlich um die von Edgar Allan Poe.

Daher griff ich nach dem Band mit Erzählungen, kehrte zum Schreibtisch zurück und fing an, die Geheimbotschaft Tadeo Guevaras zu entschlüsseln.

Und ich entschlüsselte sie tatsächlich, meine Freunde. Ich war mir sicher: Poe war das Schlüsselbuch. Und obwohl der Löwenanteil des Verdienstes Yocasta zukam, war ich sehr zufrieden, das Geheimnis enthüllt zu haben. Dummerweise schien die Nachricht, als sie erst mal entziffert war, wenig Sinn zu machen:

DER WEG ZUM KREUZ VON ELDORADO
IST HINTER DEM UMHANG DER JUNGFRAU.
SUCHE BEI MARKUS
WIE LEGRAND IM KÄFER.

Zunächst einmal war die Nachricht in zwei Abschnitte aufgeteilt. Der zweite war der merkwürdigere, denn nachdem ich das Markusevangelium von vorne bis hinten gelesen hatte, stellte ich fest, dass man dort weder von Käfern sprach noch einen Legrand erwähnte.

Der erste Abschnitt schien dagegen mehr Sinn zu machen. Er besagte: Um zu wissen, wo sich das Kreuz von Eldorado befindet, musst du dort nachsehen. Aber dieses *dort* befand sich hinter dem Umhang der Jungfrau und ich wusste nicht, auf welche Jungfrau sich Guevara bezog.

Ich blieb bis zum Morgengrauen wach und versuchte das Geheimnis zu lüften. Schließlich, als mir allmählich der Kopf wehtat, legte ich mich mit der Absicht ins Bett, mich ein Weilchen auszuruhen und meine Arbeit später fortzusetzen. Aber ich fiel sofort in Schlaf, wenn ich auch von beunruhigenden Träumen heimgesucht wurde, in denen sich Zahlen, Bibeln und goldene Kreuze zu einem seltsamen Tanz vermischten.

Ein paar Stunden nach Tagesanbruch erwachte ich steif und mit trockenem Mund. Während ich ein Glas Wasser trank, kam mir einer der Träume dieser Nacht wieder in den Sinn. In diesem Traum war ich zu Tadeo Guevaras Heim zurückgegangen und sah mich den Garten durchqueren und das Haus betreten ...

Das Glas rutschte mir aus den Fingern und zerschellte auf dem Boden. Schlagartig wach, öffnete ich den Mund und stieß die Luft aus. Ich hatte gerade entdeckt, welche Jungfrau der alte Guevara in seiner Nachricht meinte.

Ich verließ das Haus, ohne mich erst lange mit einem Frühstück aufzuhalten, ging jedoch vorher noch kurz beim Werkzeugschuppen vorbei, um mich mit einem schweren Hammer auszurüsten. Wenn ich Recht hatte, würde ich ihn brauchen. Dann machte ich mich eiligst auf den Weg zu Tadeo Guevaras Grundstück.

Der Ort war völlig verlassen. Nichts schien sich seit meinem letzten Besuch verändert zu haben. Ich nehme an, ich war zu aufgeregt, um die notwendigen Vorsichtsmaßnahmen zu treffen – was ich später bedauern sollte –, daher wandte ich mich direkt dem Haus zu, öffnete die Tür und trat ein.

Sofort sah ich mich von der großen Anzahl Bilder umringt, die Tadeo der Verrückte an die Wände seines Heims gemalt hatte. Ich begann sie sorgfältig zu untersuchen und entdeckte, dass nur ein einziges die Jungfrau Maria darstellte. Sie befand sich weit oben, in der Nähe der Decke, und man sah, wie sie zwischen den Wogen eines scharlachfarbenen Umhangs zum Himmel aufstieg. Aber was befand sich hinter dem weiten Mantel? Es wirkte wie eine Landschaft, obwohl ich das von dort, wo ich stand, nicht gut sehen konnte. Ich stellte einen Stuhl an die Wand, stieg hinauf und betrachtete das, was Tadeo Guevara direkt rechts neben den Mantel der Jungfrau gemalt hatte. Nein, das war keine Landschaft. Es war eine Landkarte.

Mein Herz begann so schnell zu schlagen, dass ich fürchtete, es würde mir aus der Brust springen. Es handelte sich um eine Karte von Kolumbien, daran gab es keinen Zweifel. Dort waren der Fluss Magdalena und die Anden, die sich von Süden nach Norden erstreckten, sowie die Städte Neiva und Popayán. Weiter unten markierte eine feine rote Linie den Weg: Er begann rechts von etwas, das *Schwefelberg* hieß, führte Richtung Südwesten und drang in ein grünes Gebiet ein, das in der eleganten Schönschrift Guevaras als *Statuenwald* bezeichnet wurde. Weiter vorn erreichte die rote Linie einen Punkt, der sich der *Uhu* nannte, und knickte nach Westen ab, wobei sie dem Lauf eines Flusses folgte und in die Berge führte. An einem Ort angelangt, der als die *Pyramide* bezeichnet wurde, führte die Linie nach Norden bis hin zu einem so genannten *Steinbogen*, direkt neben einem Dorf namens Uiraracu. Und genau hier konnte man die kleine Zeichnung von einem goldgrünen Kreuz erkennen und eine Aufschrift, die lautete: *Das Kreuz von Eldorado*.

Hätte ich nicht auf einem Stuhl gestanden, hätte ich angefangen zu tanzen. Möglicherweise war Tadeo Guevara ja verrückt gewesen, aber es war sehr schlau, jene Landkarte für alle sichtbar anzubringen, wenn auch versteckt zwischen unendlich vielen religiösen Bildern. Und ich war noch schlauer gewesen, denn ich hatte das Rätsel schließlich gelöst, ha!

Da sagte eine wohltönende Frauenstimme hinter meinem Rücken: »Wissen Sie, dass dies hier Privatbesitz ist?«

Erschrocken drehte ich mich um und entdeckte Antonia Guevara, die mich von der Türschwelle aus mit in die Seiten gestemmten Armen misstrauisch ansah. Ich stammelte irgendetwas – ich weiß nicht mehr was – und Antonia kam ein paar Schritte näher, ohne mich zu beachten, den Blick auf die Landkarte geheftet, die ich gerade in Augenschein genommen hatte.

»Sieh mal einer an«, bemerkte sie. »Es scheint, Sie haben da etwas Interessantes entdeckt, Señor Mercader ...«

Ich überlegte nicht lange. Jetzt, da mir das Glück ein Vermögen in meine Reichweite gebracht hatte, war ich nicht willens zuzulassen, dass irgendeine Fremde es mir wieder entriss. Daher ergriff ich den Hammer, den ich von zu Hause mitgebracht hatte, und schlug mit ihm auf Guevaras Landkarte ein. Antonia schrie auf und ich muss zugeben, dass sie für eine Frau mit großer Entschlossenheit handelte. Sie kam in vollem Lauf näher, gab dem Stuhl, auf dem ich stand, einen Stoß, und ich stürzte zu Boden.

»Was machst du da!?«, rief ich aus, während ich mir meine schmerzenden Körperteile rieb. »Du bist wohl verrückt!«

»Der Verrückte hier bist ja wohl du«, erwiderte sie, »weil du wie ein Barbar die Gemälde meines Großvaters zerstörst.«

Sie hob den Stuhl vom Boden auf, stellte sich auf ihn und begutachtete schweigend die Karte Guevaras. Als sie an die Stelle kam, die von den Hammerschlägen ausgelöscht worden war, ballte sie die Fäuste, presste die Kiefer zusammen, stieg vom Stuhl und ging wie eine Furie auf mich los.

»Verdammter Mistkerl! Du hast den letzten Abschnitt der Landkarte zerstört!«

Ich klopfte mir den Staub von der Kleidung und täuschte Gleichgültigkeit vor.

»Ich weiß gar nicht, wovon du sprichst«, gab ich zurück. »Da war eine Spinne an der Wand und ich habe versucht sie zu erschlagen, das ist alles.«

Antonia warf mir einen mörderischen Blick zu.

»Du bist ein Lügner, ein Schuft, ein Dieb und ein Plünderer. Dieses Haus ist das Erbe meines Großvaters; es gehört mir, verstehst du, mir. Also sag mir, was auf dem Teil der Karte zu sehen war, den du verfluchter Bengel zerstört hast.«

Ich schenkte ihr ein leutseliges Lächeln und antwortete knapp: »Nein.«

Ein paar Sekunden lang sah sie mich scharf an. Plötzlich wurde ihr Gesichtsausdruck unerwartet herzlich.

»Du kennst die Geschichte von der Expedition Saavedras, oder? Und jetzt hast du vor, das Kreuz von Eldorado ganz für dich allein zu behalten«, sagte sie lächelnd. »Aber ich kenne diese Geschichte ebenfalls, Kleiner Jim – nicht wahr, so nennt man dich doch? –, und wenn du mir nicht sagst, was auf der Karte zu sehen war, weißt du, was ich dann machen werde? Ich werde aller Welt von dem Kreuz erzählen und von der Landkarte meines Großvaters und ihnen sagen, dass nur du, Jaime Mercader, das Geheimnis kennst, wie man den Schatz Saavedras finden kann. Und noch nicht einmal dein arabischer Leibwächter wird verhindern können, dass sich alle Abenteurer und Verbrecher Cartagenas auf dich stürzen werden, um dich zum Sprechen zu bringen. Wie findest du das?« Sie machte eine kleine Pause, um die Tragweite ihrer Drohung in meinen Verstand einsickern zu lassen, und fuhr fort: »Natürlich ist das nur eine der Möglichkeiten. Eine Alternative wäre, dass du und ich uns einigen. Ich meine, wir könnten gemeinsam auf die Suche nach dem Kreuz gehen. Schließlich und endlich wird eine schwache Frau wie ich einen tapferen und entschlossenen Mann wie dich brauchen, um das Land von einem Ende zum anderen zu durchqueren. Außerdem würde ich dazu beitragen, die Expedition zu finanzieren, und ganz nebenbei würde ich gewisse interessante Zusatzinformationen beisteuern. Was meinst du?«

Kurzum, sie hatte mich in der Hand. Wenn Antonia herumerzählte, was sie wusste, würde ich nicht länger überleben als eine Erdnuss in einem Affenkäfig.

»Wie sähen denn die Bedingungen dieser Partnerschaft aus?«, fragte ich argwöhnisch.

»Oh, gerecht natürlich. Sagen wir mal, da ich die einzige Erbin Tadeo Guevaras bin, stünden mir fünfundsiebzig Prozent des Gewinns zu, und die anderen fünfundzwanzig wären für dich und deinen Freund, den Araber.«

»Davon kann keine Rede sein.« Ich schüttelte energisch den Kopf. »Wir werden den Gewinn in drei gleiche Anteile teilen. Einen für dich, einen für mich und einen für Ali Akbar. Und da gibt es keine Diskussion.«

Antonia überlegte einen Augenblick, stimmte mit einer anmutigen Gebärde zu und streckte mir die Hand entgegen.

»Partner«, sagte sie, während ich ihre Hand drückte. »Und jetzt kommen wir zu den Geständnissen. Fangen wir mit dir an. Was war auf dem Teil der Karte zu sehen, den du zerstört hast? Das Letzte, das man jetzt erkennen kann, ist die Pyramide. Was kommt danach?«

»Von der Pyramide aus muss man nach Süden abbiegen, bis man einen großen Wasserfall erreicht. Dort liegt eine Ortschaft namens Meta, wo sich das Kreuz befindet.«

Na gut, zugegeben, das war eine Lüge. Man musste nicht nach Süden, sondern nach Norden gehen, statt eines Wasserfalls erreichte man einen Steinbogen und das Dorf hieß Uiraracu an Stelle von Meta; aber es ist immer klug, ein Ass im Ärmel zu behalten, und Antonia schluckte den Schwindel.

Sie nahm ein Notizbuch und einen Bleistift aus ihrer Tasche, kopierte sorgfältig Guevaras Karte und fügte die falschen Angaben hinzu, die ich ihr gemacht hatte. Als sie die Arbeit beendet hatte, sagte sie: »Na dann, Partner, nimm den Hammer und zerstöre auch den Rest der Karte. Wir wollen doch nicht, dass sie sonst noch jemand sieht, oder? Und während du damit beschäftigt bist, erzähl mir doch mal, wie du bis hierher gelangt bist.«

Ich stieg also wieder auf den Stuhl und während ich die Wand mit Hammerschlägen bearbeitete, erzählte ich Antonia die Geschichte von der Geheimbotschaft, die ich in der Bibel ihres Großvaters gefunden hatte. Als ich geendet hatte, war von der Karte nur noch ein Haufen Ziegelbruchstücke übrig. Dann sagte ich schwitzend und müde zu Antonia, dass es nun an ihr sei, einige Dinge zu erklären.

Antonia berichtete, dass ihr Großvater als junger Mann auf Kuba Geschichte studiert hatte, sich dann aber, kaum dass er die Universität beendet hatte, nach Santa Marta begab, eine Stadt an der Karibikküste, die zweihundert Kilometer von Cartagena entfernt liegt. 1871, als er in den städtischen Archiven forschte, stieß Tadeo auf ein unerwartetes Dokument. Es handelte sich um einen Brief von Miguel de Oñate, dem einzigen Überlebenden der Expedition Íñigo de Saavedras.

Offenbar hatte dieser Oñate sehr genau gewusst, wie man zum Kreuz von Eldorado gelangte, auch wenn er vorgegeben hatte, nicht die geringste Ahnung zu haben, wo es sich befand. Wenn er sich nicht dazu äußerte, so deswegen, weil er gedachte selbst eine Expedition zu organisieren, um das Kreuz wiederzuerlangen. Ein Projekt, das er niemals durchführen konnte, denn er erkrankte an Malaria und starb 1541; aber zuvor schrieb er einen Brief und erzählte darin alles seinem Bruder, der in Spanien lebte. Oñate starb, und statt den Ozean zu überqueren, ging sein Brief unter diversen unwichtigen Aktenstücken verloren.

Bis er dann, drei Jahrhunderte später, Tadeo Guevara in die Hände fiel. Der Historiker erkannte die Bedeutung jenes Dokuments sofort und beschloss die Suche nach dem Kreuz von Eldorado aufzunehmen. Die finanzielle Hilfe kam von Seiten eines unsauberen Geschäftsmannes namens Simon Welser.

Die Expedition unter Leitung von Tadeo Guevara, Tomás López und Augustín Espejo verließ Santa Marta im Juli 1871. Man hörte nie mehr etwas von ihr und ein Jahr später hielt man sie endgültig für verschollen. Aber Ende 1872 geschah etwas Außergewöhnliches: Tadeo Guevara kehrte in sein Haus nach Santa Marta zurück. Anscheinend war der Mann ausgezehrt, krank und verwirrt, als hätte er unendliche Qualen durchlitten. Er sprach mit seiner Frau und zwischen seinen Delirien erzählte er ihr, dass sie das Kreuz von Eldorado gefunden hatten, aber dass eine nicht näher bestimmte Bedrohung das Leben seiner Kameraden beendet hatte. Kaum eine Woche nach seiner Rückkehr nach Santa

Marta verschwand Tadeo Guevara dann erneut und man hörte nichts mehr von ihm, bis eine Zeitung aus Cartagena dreißig Jahre später die Nachricht von seinem Tod brachte.

»Das ist ja alles gut und schön«, bemerkte ich, »aber es scheint nicht gerade besonders wichtig zu sein.«

Antonia sah mich voll offener Ironie an.

»Das ist lediglich der Aperitif, geschätzter Partner. Die interessantere Information kommt jetzt. Wann gedachtest du dich auf die Suche nach dem Kreuz zu machen?«

Tatsächlich hatte ich noch gar nicht über diesen Punkt nachgedacht, sodass ich in aller Eile improvisierte.

»Ich nehme an, in ein oder zwei Monaten, vor der Regenzeit.«

Antonia schüttelte den Kopf.

»Wir werden nicht über so viel Zeit verfügen, kleiner Jaime. Erinnerst du dich daran, dass die Expedition meines Großvaters von einem gewissen Simon Welser finanziert wurde? Nun, es handelt sich um den verstorbenen Vater von Tobias Welser. Sagt dir der Name was?«

Klar sagte der mir was. Die Piraten, die den Schiffbruch der *Covadonga* verursacht hatten – wisst ihr noch? –, standen im Dienst dieses Schurken. Außerdem eilte Tobias Welser, dessen Hauptquartier sich in Santa Marta befand, der Ruf voraus, hinter einem großen Teil der verbrecherischen Umtriebe in der Karibik zu stecken.

»Was ist mit Welser?«, fragte ich.

»Er kennt die Geschichte des Kreuzes von Eldorado – das ist mit ihm. Sein Vater erzählte sie ihm, bevor er starb, und Tobias ist von der Idee besessen, das Kreuz zu finden. Daher wird er eher früher als später erfahren, dass sich Tadeo Guevara in Cartagena das Leben genommen hat, wo er dreißig Jahre verbracht hat. Dann wird Welser hier auftauchen, Nachforschungen anstellen und später wird er dir und mir die Ohren abreißen. Daher, kleiner Jaime, wird es besser sein, wenn wir uns noch vor Ablauf einer Woche auf die Suche nach dem Kreuz machen.«

»Einen Moment«, unterbrach ich sie. »Was bedeutet dieser Plural? Du wirst deinen Anteil am Gewinn bekommen, aber du wirst nicht an der Expedition teilnehmen. Es ist eine sehr gefährliche Reise, versteh das doch, völlig unangemessen für eine Frau.«

»Diese Reise ist auch für einen kleinen Jungen unangemessen und du wirst trotzdem dabei sein«, gab sie hämisch zurück. »Nein, Jaimilein, dass wir Partner sind, heißt noch lange nicht, dass ich dir vertraue. Ich werde die Expedition begleiten, so viel ist sicher, und ich werde dich nicht aus den Augen lassen.«

Ich gebe zu, allmählich bedauerte ich, mich mit einer so unerträglichen jungen Frau zusammengetan zu haben. Ich hob einen Finger und riet ihr in einem Ton, der mir vor Würde zu strotzen schien: »Nenn mich weder ›kleiner Jaime‹ noch ›Jaimilein‹. Mein Name ist Jaime Mercader, ist das klar?«

»Ich werde dich sogar ›Don Jaime‹ nennen, wenn dir das lieber ist«, sagte Antonia, während sie sich der Tür zuwandte. »Aber hör auf mit diesen Kindereien und lass uns gehen, denn wir haben viel zu tun.«

Sie verließ das Haus. Ich blieb noch ein paar Sekunden stehen und kam mir vor wie ein vollkommener Idiot. Anscheinend, dachte ich mutlos, hatte eine neue Königin des Sarkasmus beschlossen, sich dem Klub der Bewunderer Jaime Mercaders anzuschließen, dessen Vorsitz meine Dienerin Yocasta innehatte.

SECHSTES KAPITEL

In dem vom Ende einer alten Partnerschaft berichtet wird und der Mörder meines Vaters sowie ein geheimnisvoller Einäugiger ins Spiel kommen

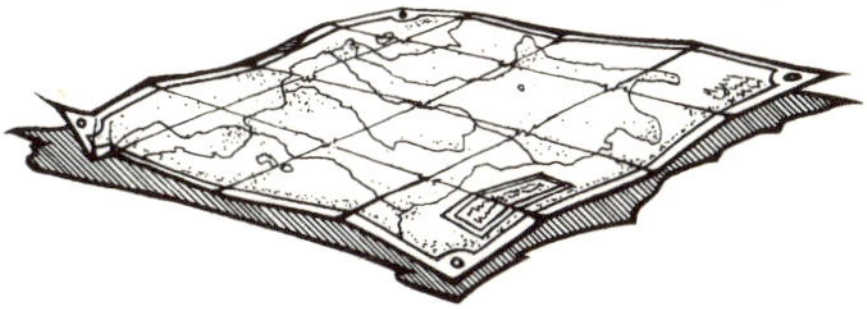

Als Erstes brachte ich Ali Akbar auf den neuesten Stand der Dinge. Noch am selben Nachmittag kamen wir im Wohnzimmer unseres Hauses zusammen und ich erzählte ihm die Geschichte vom Kreuz von Eldorado, berichtete von meiner Entdeckung der Landkarte, die der alte Tadeo an die Wand gemalt hatte, und dem späteren Dazwischentreten Antonia Guevaras.

Kaum hatte ich meine Erzählung beendet, entfaltete ich eine Karte von Kolumbien auf dem Tisch und zeigte ihm den Weg, dem wir folgen mussten, um den Schatz von Saavedra zu finden.

Ali Akbar hörte mir schweigend zu, ausdruckslos wie üblich. Als ich zu sprechen aufhörte, verharrte er einige Sekunden nachdenklich. Dann zeigte er auf eine grüne Fläche im unteren Teil der Karte, am Fuß der Berge, und fragte: »Was ist das?«

Die Karte war nicht sehr genau, sodass ich antwortete: »Ich glaube, ein Urwald.«

»Aber ich kann weder Wege noch Pfade erkennen. Ich sehe lediglich einen grünen Fleck. Wie sollen wir ihn durchqueren ohne zu wissen, was uns dort erwartet?«

»Ich habe Guevaras Karte in allen Einzelheiten im Kopf. Der Schwefelberg, der Statuenwald ... Wenn es nötig ist, werden wir einen Führer bekommen. Es wird leicht sein, Rasul, ein Kinderspiel.«

»Wir müssen einmal quer durch das ganze Land reisen und das ist gefährlich. Dann müssen wir in einen Urwald eindringen, der kaum erkundet ist, und anschließend in die Berge klettern. Auch gefährlich. Und das alles für einen Schatz, der vielleicht noch nicht einmal existiert.«

»Aber natürlich gibt es ihn, Rasul! Die Expedition von Saavedra ist historisch belegt und das Kreuz von Eldorado ebenfalls.«

»Das sagt wenig darüber aus, ob nun ein Schatz existiert oder nicht. Das Problem ist, dass du davon besessen bist, und Besessenheit ist etwas Schlechtes«, seufzte er bekümmert. »Renne keinem Hirngespinst hinterher, Jaime, denn am Ende wird dich das Hirngespinst verschlingen.«

»Dieses Kreuz ist Millionen wert. Wenn wir es finden, werden wir unvorstellbar reich sein, Rasul. Gelegenheiten wie diese bieten sich nur einmal im Leben und ich habe nicht vor sie zu versäumen.«

Ali Akbar verharrte lange in Schweigen.

»Du hast dein Schicksal gewählt und ich respektiere das«, sagte er schließlich. »Aber das, was du willst, ist nicht das, was ich will, sodass sich unsere Wege hier trennen werden. Ich werde beten, dass dir höchstes Glück zuteil wird,

Jaime, aber ich werde dich diesmal nicht begleiten. Allah sei mit dir.«

Nun gut, meine Freunde, ich versuchte ihn zu überzeugen, seine Ansicht zu ändern, aber Rasul war so störrisch wie ein Maulesel und alles, was ich zu hören bekam, war immer wieder Nein. Am nächsten Tag packte er seine Sachen und verließ das Haus, das wir bislang geteilt hatten.

Das machte mich mutlos. Rasul war mein bester Freund, vielleicht der einzige, den ich hatte, aber es ging nicht nur darum. Ich wusste, dass ich ihm einen großen Teil meines Erfolgs im Spiel zu verdanken hatte. Jedes Mal, wenn irgendein Mitspieler, geblendet durch die Niederlage, versuchte mir gegenüber unangenehm zu werden, stand Ali Akbar bereit, um mich zu verteidigen. Im Allgemeinen reichte sein glühender Blick um das Problem zu lösen, aber bei mehr als einer Gelegenheit musste er auf seine Fäuste zurückgreifen oder auf die beiden Mauser, die er immer bei sich trug. Ich war ein ausgezeichneter Falschspieler, aber wenn ich bisher überlebt hatte, war das Rasul zu verdanken, der mir den Rücken deckte.

Deshalb fühlte ich mich zum zweiten Mal verwaist, als er wegging. Aber ich war jung, unvernünftig und unbesonnen, und die Aussicht, den sagenhaften Schatz von Saavedra zu finden, war so aufregend, dass ich bald aus dem Blick verlor, wie verwundbar ich damals war.

Eine Expedition vorzubereiten und auszurüsten ist keine geringe Aufgabe. Ich musste meine gesamten Ersparnisse in das Vorhaben einbringen und das, obwohl Antonia Guevara einen ebenso hohen Betrag beisteuerte. Aber die Angelegenheit war aufwändiger, als sie zu Anfang schien.

Den ersten Streckenabschnitt würden wir auf dem Fluss Magdalena zurücklegen, denn das war die schnellste Möglichkeit ins Landesinnere vorzudringen. Ich mietete also in Calamar, einem Dorf am Ufer des Flusses nicht weit von Cartagena, einen kleinen Flussdampfer, dessen Kapitän, ein alter Mann namens Benigno Tapioca, mir versicherte, dass er uns in etwas mehr als einer Woche nach Barrancabermeja in der Nähe von Bucaramanga bringen konnte.

Aber das Transportmittel war nicht das einzige Problem. Wir mussten uns darum kümmern, Vorräte einzukaufen – Werkzeug, geeignete Kleidung und Waffen –, sowie eine Liste kleiner Einzelheiten berücksichtigen, die kein Ende zu haben schien. Hinzu kam, dass wir das alles sehr schnell erledigen mussten und noch dazu ohne Verdacht zu erregen, weil es in Cartagena vor neugierigen Ohren nur so wimmelte. Statt unsere Vorräte dort einzukaufen, schickte ich deshalb meinen Diener Napoleón nach Barranquilla – der Ort, in den ich, wie ihr wisst, keinen Fuß mehr setzen konnte – mit dem Auftrag, den notwendigen Proviant zu erstehen. Napoleón kehrte nach zwei Tagen zurück und außer den Vorräten brachte er noch eine seltsame Neuigkeit mit.

»In Barranquilla läuft so ein Kerl herum und fragt nach Ihnen, Herr«, sagte er mir, während ich die Rechnungen überprüfte, davon überzeugt, dass Napoleón etwas für sich zurückbehalten hatte.

»Ein Kerl?«, fragte ich zerstreut. »Wer?«

»Ich weiß nicht, Herr; ein sehr hässlicher Einäugiger. Man sagt, es sei einer der Männer von Juan Rackham.«

Ich hob den Blick von den Rechnungen und sah Napoleón bestürzt an. Das war äußerst alarmierend, denn Juan Rackham, Nachfahre eines alten Freibeuters aus dem siebzehnten Jahrhundert mit dem Spitznamen El Calicó, war in die Fußstapfen seines Vorfahren getreten und zu einem der letzten Piraten der Karibik geworden – eine grausame Gestalt, blutrünstig und Furcht erregend.

»Ein Pirat hat sich nach mir erkundigt? Wie heißt er?«

»Keine Ahnung. Sie nennen ihn Einauge, aber das muss ein Spitzname sein.«

Wie einfallslos, einen Einäugigen Einauge zu nennen, dachte ich.

»Aber wie sieht er aus?«, fragte ich eindringlich. »Und mit wem hat er gesprochen?«

Napoleón zuckte mit den Schultern.

»Ich sah ihn nur von weitem, Herr, ich könnte es Ihnen nicht sagen. Er trug eine Augenklappe über dem linken Auge und wirkte ein wenig Angst einflößend.« Er kratzte sich am Kopf. »Und was das Sprechen angeht: Er redete mit vielen Leuten und fragte immer nach Ihnen. Er hat zum Beispiel mit Doña Caridad Santos gesprochen, die den Salon Bombay wieder eröffnet hat.«

Das war überaus beunruhigend. Was zum Teufel wollte dieser einäugige Pirat von mir? Nichts Gutes, wenn es sich um einen Mann von Rackham handelte. Mir fielen nur zwei Möglichkeiten ein: Entweder war dieser Kerl ein Mörder, angeheuert von einem der Gäste aus dem Salon Bombay, die ich betrogen hatte, oder aber es handelte sich um einen Gesandten von Tobias Welser.

Jedenfalls würde der geheimnisvolle Einäugige nicht lange brauchen, um mir auf die Spur zu kommen, und es würde das Beste sein, wenn ich mich zu diesem Zeitpunkt bereits so weit wie möglich von Cartagena entfernt befände.

Als ich ihr die Neuigkeiten erzählte, die Napoleón aus Barranquilla mitgebracht hatte, zeigte sich Antonia damit einverstanden, die Reise so bald wie möglich anzutreten.

»Wenn dieser Einäugige für Welser arbeitet, wird der sich höchstpersönlich in Kürze hier einfinden«, sagte sie. »Wir müssen aufbrechen.«

Trotzdem schien sie nicht ganz überzeugt. Die Nachricht, dass Rasul nicht an der Expedition teilnehmen würde, ließ Antonia zwischen zwei gegensätzlichen Gefühlen schwanken: Einerseits würde sich ihr Anteil am Schatz erhöhen, weil durch weniger Personen geteilt werden musste, was ihr wie gerufen kam; andererseits hätte sie es vorgezogen, dass ein Mann wie Rasul ihr den Rücken deckte. Nun gut, ich auch, aber man kann eben nicht alles haben.

»Wir brechen morgen auf«, entschied ich. »Du wirst noch heute Nachmittag mit Napoleón nach Calamar fahren. Ihr nehmt den Wagen mit der Ausrüstung mit und sorgt dafür, dass sie auf Tapiocas Dampfer verladen wird. Ich stoße dann morgen Nachmittag zu euch.«

Antonia betrachtete mich mit spöttischer Skepsis.

»Seit wann gibst du hier die Kommandos, Kleiner«, fragte sie leicht amüsiert. »Ich werde wohl kaum so verrückt sein, dich aus den Augen zu lassen.«

Diese Frau machte mich wahnsinnig.

»Ich habe hier in Cartagena noch einige Dinge zu erledigen«, erwiderte ich. »Deswegen bleibe ich. Aber wenn wir so bald wie möglich aufbrechen wollen, muss jemand dafür sorgen, dass die Ausrüstung auf das Schiff verladen wird. Außerdem, verflucht noch mal, wirst *du* diejenige sein, die sich an Bord befindet. Ich werde mich nicht aus dem Staub machen können, es sei denn, ich entscheide mich, das Land zu Fuß und ohne Proviant zu durchqueren.«

Offenbar argumentierte ich vernünftig genug, um ihr Misstrauen zu besiegen, denn schließlich akzeptierte Antonia meinen Plan und brach noch am selben Nachmittag in Begleitung Napoleóns mit dem Proviantwagen in Richtung Calamar auf.

Ich blieb allein in Cartagena zurück. Ich gebe zu, dass ich für einen Augenblick mit der Vorstellung liebäugelte, mich aus dem Staub zu machen und das Kreuz auf eigene Faust zu suchen, aber ich wusste nicht, wie ich das bewerkstelligen sollte. Also fand ich mich damit ab, die Partnerschaft mit Antonia Guevara fortzusetzen.

Am nächsten Tag verließ ich in aller Frühe das Haus, um meine Aufgaben in Ruhe erledigen zu können. Zunächst ging ich zu einem Schuhmacher in der Nähe des Hafens, bei dem ich ein paar Maßstiefel in Auftrag gegeben hatte. Es handelte sich um ausgezeichnetes Schuhwerk aus schwarzem Kalbsleder, das mich ein Vermögen gekostet hatte. Nachdem sich der Schuhmacher in der Nähe des Café Boyacá befand, ließ ich die Stiefel dort und schärfte Adamantios ein, gut auf sie aufzupassen. Dann machte ich mich daran, gewisse Angelegenheiten zu klären.

Ich musste etliche ausstehende Spielschulden eintreiben, denn nach all den Ausgaben, die ich gehabt hatte, wurde mir das Bargeld knapp. Diese Aufgabe kostete mich ein paar Stunden und anschließend machte ich mich auf die Suche nach Ali Akbar. Ich wollte mich von ihm verabschieden, aber anscheinend war Rasul spurlos aus Cartagena verschwunden. Am späten Vormittag kehrte ich nach Hause zurück. Ich hatte Yocasta noch nichts davon gesagt, dass ich beabsichtigte, mich eine Zeit lang außerhalb Cartagenas aufzuhalten. Außerdem musste ich ihr ein bisschen Geld dalassen. Ich traf sie im Hof, wo sie gerade Wäsche aufhängte.

»Im Wohnzimmer wartet Besuch auf dich, Herr Jaime«, sagte sie, als sie mich kommen sah.

»Wer ist es?«, fragte ich befremdet.

Yocasta zuckte mit den Schultern.

»Er hat seinen Namen nicht sagen wollen. Es handelt sich um einen einäugigen Herrn von wenig vornehmem Aussehen, würde ich mal sagen.«

Ich spürte, wie mein Herz einen Satz machte.

»Ein Einäugiger! Willst du damit sagen, in meinem Haus befindet sich ein Einäugiger?«

Von meiner Reaktion überrascht, hielt Yocasta im Wäscheaufhängen inne.

»Er fragte nach dir, Herr Jaime, und ich ließ ihn ins Wohnzimmer. Ich weiß schon, dass man sagt, Einäugige bringen Pech, aber ein gelehrter weißer Mann wie du glaubt doch wohl nicht an diese ...« Sie unterbrach ihre sarkastische Bemerkung, als sie mein bleiches Gesicht bemerkte. »Ist was, Jaime?«, fragte sie.

Ob irgendwas war? Es ging um meinen Hals, das war.

»Sag diesem Mann nicht, dass du mich gesehen hast. Wenn er dich fragt, weißt du nicht, wo ich bin.« Ich nahm ein Bündel Scheine aus der Tasche und reichte es ihr. »Ich werde eine Zeit lang weg sein, vielleicht zwei oder drei Monate.«

Vollkommen verwirrt betrachtete Yocasta abwechselnd das Geld und mich.

»Aber ... wo gehst du denn hin?«

»Das ist egal, ganz egal«, antwortete ich, während ich mich schon entfernte und drängte: »Sag dem Einäugigen nicht, dass du mich gesehen hast.«

Ich machte mich in höchster Eile davon mit der Absicht, mich auf mein Pferd zu schwingen und in gestrecktem Galopp in Richtung Calamar aufzubrechen. Aber da fielen mir die kostbaren Stiefel ein, die ich im Café Boyacá hatte stehen lassen und auf die ich unter keinen Umständen verzichten wollte. Also machte ich einen kleinen Umweg, um sie wiederzuerlangen, bevor ich von hier verschwand. Ich brauchte nur wenige Minuten bis dorthin. Zu dieser Stunde war das Café noch nicht für das Publikum geöffnet. Ich stürzte hinein und …

Es geschah schneller, als ich es erzählen kann. Plötzlich tauchten zwei rohe Kerle auf, packten mich an den Armen und schleiften mich ins Innere des Lokals. Dort befanden sich ein vor Angst eingeschüchterter Adamantios Zolotas sowie ein Dutzend gut gekleideter Männer, die offen gesagt bedrohlich aussahen – unter anderem, weil sie bis an die Zähne bewaffnet waren. Einer von ihnen, ein hoch gewachsener Kerl von etwa vierzig Jahren mit einem langen Backenbart, der sich mit einem dichten Schnurrbart vereinigte, betrachtete mich neugierig.

»Mein Name ist Tobias Welser«, sagte er, als würde er statt eines Namens eine Drohung ausstoßen. »Bist du Jaime Mercader?«

Habt ihr schon mal jene Sorte Angst erlebt, die einen lähmt, einem den Hals zuschnürt und bei der man nicht in der Lage ist zu denken, zu sprechen oder auch nur zu atmen? Genau so fühlte ich mich in diesem Moment, denn vor meiner Nase stand einer der gefährlichsten Männer Amerikas, der den Tod meines Vater zu verantworten hatte. Nun ja, ich nehme an, es gibt schlimmere Situationen als diese, aber es gelang mir nicht, mir eine vorzustellen.

»Oh nein, Sie irren sich«, antwortete ich mit gespielter

Unschuld. »Ich bin nicht Jaime Mercader. Mein Name ist Matías Pérez und ich kam um ...«

Welser unterbrach mich mit einer Handbewegung und wandte sich mit einem forschenden Blick an Zolotas. Und dieser fette feige Grieche bestätigte es schnell mit einem Nicken, wobei er sagte: »Das ist Kleiner Jim, Señor Welser. Ich kenne ihn gut.«

»Na sieh mal einer an ...« Welser schenkte mir ein gar nicht sympathisches Lächeln. »Also du bist der berühmte Jaime Mercader, der kleine Jim ... Gut, Jaime, kommen wir direkt zur Sache. Ich nehme an, du kennst die Geschichte vom Kreuz von Eldorado bereits und wirst auf dem Laufenden sein, dass die Expedition Tadeo Guevaras von meinem Vater finanziert wurde. Du wirst verstehen, dass das Kreuz folglich rein rechtlich meiner Familie zusteht.« Er machte eine Pause und fuhr dann fort: »Jetzt werde ich dir sagen, was ich ganz sicher weiß. Ich weiß, dass Tadeo Guevara vor seinem Tod mit dir gesprochen und dir eine Bibel übergeben hat. Ich weiß, dass du dich mit einer äußerst gerissenen Person namens Antonia getroffen hast. Ich weiß außerdem, dass du große Mengen Lebensmittel und Ausrüstungsgegenstände gekauft hast, als wolltest du eine lange Reise unternehmen. Und ich weiß schließlich, dass die Wände in Guevaras Haus mit Gemälden bedeckt sind und dass eines dieser Gemälde kürzlich zerstört wurde. Das sind die Dinge, die ich bereits weiß. Aber es gibt da noch etwas, was ich nicht weiß: Was war auf genau diesem Gemälde zu sehen – eine Landkarte?«

Ich setzte mein zartestes Lächeln auf und antwortete:

»Sie irren sich; ich weiß weder etwas von einem Kreuz noch ...«

Plötzlich war Welsers rechte Hand mit einer riesigen Machete bewaffnet, deren Schneide sich gegen meinen Hals presste.

»Spiel nicht mit mir, Jüngelchen«, zischte er mir ins Ohr, »denn wenn du das tust, werde ich dir die Nase abschneiden, die Ohren, die Lider und die Lippen. Ich werde dein junges und gefälliges Gesicht in eine schreckliche Fratze verwandeln, hast du das kapiert? Die Frauen werden angeekelt den Blick abwenden und die Kinder werden zu weinen anfangen, sobald sie dich auf der Straße vorbeigehen sehen.« Er hielt den Atem an. »Ich frage dich noch ein einziges Mal: Was war auf diesem Gemälde zu sehen?«

Man muss die Situation berücksichtigen, in der ich mich befand, meine Freunde. Ich war von Banditen umgeben und hatte einen Sadisten vor mir, der damit drohte, mein Gesicht ohne zu zögern in einen Teller Spagetti Bolognese zu verwandeln. Nennt es Feigheit, wenn ihr wollt, aber in jenem Moment erschien es mir am ratsamsten zu zeigen, dass ich zur Zusammenarbeit bereit war.

»Gut, gut, gut, gut, gut ...!«, erwiderte ich lebhaft. »Es gibt keinerlei Grund, Gewalt anzuwenden. Wir können wie zivilisierte Menschen miteinander reden, nicht wahr? Bei dem Gemälde Guevaras handelte es sich wirklich um eine Landkarte. Sie zeigte den Weg zum Kreuz von Eldorado. Antonia und ich wollten uns auf die Suche nach ihm machen; aber ich wusste nicht, dass das Kreuz Ihnen gehört, glauben Sie mir ...«

»Und Antonia? Wo ist sie?«

»In Calamar.« Es war Verrat, ihnen diese Tatsache zu enthüllen, aber die Panik hatte mir die Zunge gelöst. »Ich soll heute zu ihr stoßen, auf ein Dampfschiff, das wir gemietet haben …«

»Kommen wir auf die Karte zurück«, unterbrach mich Welser. »Wie gelangt man zum Kreuz?«

»Man muss dem Lauf des Flusses Magdalena bis zur Region Huila folgen und dann nach Südwesten, Richtung Pasto abbiegen …«

»Einzelheiten, Junge, Einzelheiten«, verlangte Welser ungeduldig.

»Ja, sicher, Einzelheiten«, stimmte ich vollkommen ergeben zu. »Beim Schwefelberg muss man in einen Urwald eindringen, der Statuenwald genannt wird, und … Wenn Sie mich loslassen würden, könnte ich eine Zeichnung anfertigen …«

Ich wusste, dass mich nur ein ungewöhnlicher Glücksfall aus dieser misslichen Lage retten konnte. Ich vertraute nicht sehr darauf, dass so etwas passieren würde, aber es geschah.

»Lasst den Jungen frei«, sagte eine raue und tiefe Stimme.

Wir drehten uns alle um, die Augen auf den Eingang gerichtet. Und dort stand Ali Akbar, seine beiden Pistolen im Anschlag. Mein Gott, wie ich diesen Mann liebte! Seine Auftritte waren immer ein wenig theatralisch, aber wären da nicht die beiden Schläger gewesen, die mich festhielten, hätte ich ihn auf der Stelle geküsst. Das Problem war, dass die Männer Welsers nicht ruhig stehen blieben, sondern kaum eine Sekunde brauchten, um mit ihren Waffen auf meinen Freund zu zielen. Aber Rasul verhielt sich unerschütterlich. Sowohl seine Augen als auch seine Pistolen waren auf Welser gerichtet.

»Du bist Ali Akbar«, sagte der, »der Leibwächter des Jungen. Wie viel zahlt er dir? Egal, ich biete dir das Dreifache, wenn du für mich arbeitest.«

»Ich bin nicht zu kaufen«, gab Rasul zur Antwort. »Lass den Jungen los.«

Welser lächelte abfällig.

»Meine Männer haben dich im Visier. Glaubst du etwa, es wird dir gelingen, lebend hier rauszukommen?«

»Deine Leute können mich zwar umbringen, aber nicht verhindern, dass ich dich vorher erschieße. Ich bin schon tot, Welser, aber du bist es auch.« Er machte eine lange Pause. »Obwohl es eine andere Möglichkeit gäbe: Befiehl deinen Männern, sie sollen die Waffen fallen lassen, und ich schwöre bei Allah, dass ich dir das Leben schenke.«

Welser brach in schallendes Gelächter aus.

»Niemand wird hier irgendeine Waffe wegwerfen«, erwiderte er herausfordernd.

Rasuls Augen schienen Blitze zu schleudern.

»Dann«, zischte er, »schließe Frieden mit deinem Gott, denn heute werden wir sterben.«

Habe ich schon von Ali Akbars Blick gesprochen? Er ließ einem die Haare zu Berge stehen. Nun denn, in diesem Moment machte jener schreckliche Blick ganz klar, dass es Rasul einen Dreck interessierte, ob sie ihn mit Schüssen durchlöchern würden, immer vorausgesetzt, dass er Tobias Welser mitreißen könnte. Und der musste es so klar begriffen haben wie ich, denn nach einigen Sekunden heftigen inneren Kampfes befahl er: »Lasst die Waffen fallen ...«

Die Banditen sahen sich verwirrt an, dann ließen sie mit sichtlichem Widerwillen ihre reichlich vorhandenen Waffen zu Boden fallen.

»Hinter dem Tresen gibt es eine Bodenklappe, die in den Weinkeller führt«, erklärte Rasul. »Begebt euch dorthin.«

Zolotas machte ein paar Schritte vorwärts und trocknete sich mit einem schmutzigen Taschentuch den Schweiß ab.

»Oh, Ali Akbar«, schmeichelte er, »danke, dass du gekommen bist, um uns zu retten ...«

»Du gehst mit ihnen, Adamantios«, antwortete Rasul ohne ihn eines Blickes zu würdigen. »Ich traue dir nicht.«

Einer nach dem anderen kletterten die Kerle die Sprossen zum Weinkeller hinunter. Als der letzte unten ankam, waren sie so dicht gedrängt wie die Sardinen. Bevor wir die Bodenklappe schlossen, sagte Welser blind vor Wut zu Ali Akbar: »Wir sehen uns noch, Mufti; wir sehen uns wieder.«

Rasul schloss die Bodenklappe mit einem Knall und kippte einen schweren Wandschrank voller Gläser darauf.

»Rasul, ich ...«, begann ich.

Er schnitt mir mit einer Handbewegung das Wort ab und befahl: »Gehen wir. Sofort.«

Wir bewegten uns also in höchster Eile Richtung Ausgang, aber dann fiel mir etwas ein und ich blieb urplötzlich stehen.

»Was machst du denn, Jaime?«, drängte mich Rasul.

An meine Ohren drang das Krachen der Schläge von Welsers Männern, die versuchten aus ihrem Gefängnis auszubrechen. Ich lief in den hinteren Teil des Lokals und nahm meine Stiefel aus dem Schrank, in dem ich sie aufbewahrt hatte. Danach kehrte ich zu Rasul zurück und wir stürmten auf die Straße, sprangen auf unsere Pferde und preschten in gestrecktem Galopp davon. Kaum hatten wir die Stadtgrenze hinter uns gelassen, hörten wir den entfernten Klang einiger Schüsse, aber weder Rasul noch ich sahen uns um. Wir hatten keine Zeit zu verlieren.

Wir ritten ohne Halt, bis wir Santa Rosa erreichten, ein kleines Dorf fünfzehn Kilometer östlich von Cartagena. Als wir dort ankamen, saßen wir ab und gestatteten den Pferden eine Verschnaufpause.

»Ich glaube, wir haben sie in die Irre geführt«, meinte Ali Akbar und sah in die Ferne.

Ich war so glücklich (und überrascht), am Leben geblieben zu sein, dass ich Rasul noch gar nicht für seine tollkühne Rettungsaktion gedankt hatte. Daher ging ich zu ihm und legte ihm eine Hand auf die Schulter.

»Danke«, murmelte ich. »Du hast mir das Leben gerettet.«

»Das wird allmählich zur Gewohnheit, Jaime.«

Er sagte das in völligem Ernst, aber ich nahm es als Zeichen seines besonderen Sinns für Humor. Dann fiel mir etwas ein.

»Es gibt da ein kleines Problem, Rasul«, sagte ich.

»Noch eins?«

»Wir müssen nach Calamar. Antonia und Napoleón erwarten mich dort auf dem Schiff, mit dem wir die Reise unternehmen werden.«

»Du willst diesen Schatz immer noch suchen?«

»Na ja ...«, ich merkte, wie mir die Schamesröte ins Gesicht stieg. »Dummerweise habe ich Welser erzählt, dass sich Antonia in Calamar aufhält.«

Rasul sagte einige Sekunden lang gar nichts. Dann begann er plötzlich hin und her zu laufen, die Hände zum Himmel erhoben, als riefe er die Götter an. Zwischen unzähligen Verwünschungen, die er in seiner Sprache äußerte, rief er wütend aus: »Schwierigkeiten und immer wieder Schwierigkeiten! Du bist die konfliktreichste Person der Welt, Jaime! Du wirst es noch fertig bringen, dass sie uns töten!«

Ich hatte Rasul noch nie so böse auf mich erlebt; aber nach einigen Minuten hatte er seinen üblichen arabischen Gleichmut wiedererlangt und stimmte schlecht gelaunt zu, dass wir uns in Richtung Calamar auf den Weg machen mussten.

Wir ritten den ganzen Nachmittag und holten aus unseren Pferden das Letzte heraus. Ab und zu hielt Rasul an und suchte den Horizont ab. Bei einer dieser Gelegenheiten machte er in der Ferne eine Staubwolke aus und sagte: »Sie folgen uns mit etwa fünfzehn Minuten Abstand.«

Wir erreichten Calamar, kurz bevor es dunkel wurde. Es war eine schmutzige Ansiedlung, deren klapprige Holzhäuser sich über den unermesslichen Fluss Magdalena neigten. Neben den Häusern, am Gebälk eines kleinen Kais, lagen verschiedene Schiffe vertäut. Unter ihnen befand sich auch die *Anaconda*, Kapitän Benigno Tapiocas Dampfer. Wir ritten schnellstens dorthin, saßen von den Pferden ab und sprangen an Bord.

Als Antonia mich sah, stemmte sie die Arme in die Seiten und empfing mich mit den Worten: »Weshalb hast du dich verspätet? Und was macht der Syrer hier?«

Ich hatte weder Zeit noch Lust, mit Antonia zu plaudern, daher ignorierte ich sie einfach und rief Tapioca zu: »Lass uns sofort von hier verschwinden!«

Der alte Kapitän zwirbelte seine Schnurrbartspitzen und sagte mit aufreizender Gelassenheit: »Sich erst verspäten und mir jetzt mit Eile kommen.« Er schnalzte mit der Zunge. »Nun, wir können noch gar nicht abfahren, weil es keinen ausreichenden Druck auf den Kesseln gibt. Außerdem bricht bald die Nacht herein und ...«

Rasul stieß mich mit einem kräftigen Schubs zur Seite, zog eine seiner Pistolen, zielte auf den Kopf des Kapitäns und sagte mit eisiger Stimme: »Setz das Schiff in Bewegung. Wird's bald?«

Ali Akbars Stimme (und Pistole) waren ein wirkungsvoller Antrieb, denn sowohl Tapioca als auch sein Gehilfe, ein Indio vom Stamme der Chibchas namens José, machten sich eifrig daran, Kohlen in den Dampfkessel des Schiffes zu schippen.

»Aber was ist denn los?«, hakte Antonia nach.

Ich ignorierte sie erneut und wandte mich an Napoleón,

der verdutzt unserer verspäteten Ankunft beigewohnt hatte.

»Nimm unsere Pferde«, sagte ich zu ihm, »und kehre nach Cartagena zurück.«

»Aber wenn mich auf halbem Weg die Nacht einholt, Herr ...«

»Das ist egal. Mach dich auf der Stelle davon und sag niemandem, dass du uns gesehen hast. Los, verschwinde!«

Napoleón sprang verwirrt vom Schiff, band unsere Reittiere an den Karren und entfernte sich langsam vom Kai. Während ich beobachtete, wie er außer Sicht geriet, fragte Antonia erneut eindringlich: »Hätte vielleicht jemand die Güte mir mitzuteilen, was hier eigentlich los ist?«

»Halt den Mund«, antwortete ich unwirsch; ich wandte mich an den Kapitän und fragte ihn: »Wie steht es?«

»Wir haben immer noch nicht genügend Druck«, erwiderte er, wobei er ein schmutziges Manometer betrachtete.

Nervös begann ich, von einem Ende des Decks zum anderen zu wandern. Die Minuten schienen wie Schnecken zu kriechen.

»Da sind sie«, sagte Rasul plötzlich.

Ich drehte den Kopf und sah eine Gruppe von Reitern in der Ferne, die sich im Galopp dem Weg näherten, der zum Dorf führte.

»Los jetzt!«, schrie ich den Kapitän an.

»Aber wenn wir doch keinen Dampf haben, junger Mann!«, antwortete mir Tapioca, ebenfalls schreiend.

Da eröffneten die Reiter das Feuer auf uns, obwohl wir

uns zum Glück noch außer Schussweite befanden. Kapitän Tapioca, der augenblicklich Dampf und Druck vergaß, begann wie ein Wilder an Hebeln zu hantieren. Langsam setzte die Pleuelstange des Motors die Schaufeln der *Anaconda* in Bewegung, und Stück für Stück entfernte sich das Schiff vom Kai.

Aber während wir uns sehr langsam bewegten, näherten sich Welsers Männer sehr schnell, und das, was anfangs nur Lärm gewesen war, verwandelte sich plötzlich in einen Kugelhagel, der uns um die Ohren pfiff.

Wir warfen uns zu Boden. Die Reiter, die schon den Kai erreicht hatten, sprangen von ihren Pferden und versuchten, am Boden kniend, ihr Ziel besser zu treffen. Nie werde ich das Geräusch der Projektile vergessen, die sich ins Gebälk des Schiffs fraßen oder vom Metall abprallten. Ich glaubte, dass wir das nicht überstehen würden, aber der alte und verwahrloste kleine Dampfer steigerte seine Geschwindigkeit, bis er sich außerhalb der Reichweite der Banditen befand.

Da richtete ich mich auf, schaute in Richtung des weit entfernten Kais, und glücklich, noch am Leben zu sein, warf ich mit einer triumphierenden Geste die Arme in die Luft.

»Also waren das Welsers Männer, die uns beschossen haben?«, fragte Antonia mit unbekümmertem Gesichtsausdruck.

Die *Anaconda* pflügte zügig durch die gewaltigen Wassermassen des Magdalena flussaufwärts, wobei sie eine schwarze Rauchfahne hinterließ.

»Wenn Rasul nicht gewesen wäre, hätten sie mich in Scheiben geschnitten«, gab ich zur Antwort und fügte misstrauisch hinzu: »Übrigens kennt dich Tobias Welser. Woher?«

Antonia lächelte gleichgültig.

»Natürlich kennen wir uns. Ich suche seit zwölf Jahren nach diesem Kreuz, Jaime, und einer der Orte, die ich überprüfen musste, war der Wohnsitz der Welsers in Santa Marta. Deswegen begann ich so vor acht Monaten dort zu arbeiten.«

»Du hast für Welser gearbeitet?«

»Richtig«, bestätigte sie. »Ich war seine persönliche Sekretärin.«

Ich hielt bestürzt den Atem an und auf einmal fiel mir auf, wie Antonia gekleidet war.

»Du trägst ja Hosen!«, rief ich reichlich entsetzt aus.

Sie begann zu lachen.

»Natürlich trage ich Hosen. Soll ich Kolumbien etwa in Röcken und Korsett durchqueren? Auf keinen Fall, mein Freund. Ich lege keinen großen Wert darauf, dass mir eine Schlange zwischen den Unterröcken herumkriecht.«

Sie lächelte mich mit der ihr eigenen Selbstgefälligkeit an und richtete den Blick wieder auf das ferne Ufer. In diesem Augenblick näherte sich uns der Kapitän der *Anaconda* und brach in eine lange Reihe von Klagen aus. Er sagte, in unserem Vertrag wären Schießereien nicht inbegriffen, und verlangte unter diesen Umständen mehr Geld. Rasul, der still und missmutig auf einer Bank des Vorschiffs saß, blickte ihn hasserfüllt an. Tapioca verstummte sofort und entfernte sich leise brummelnd.

Ich betrachtete den Horizont aus Wasser und Vegetation, der sich vor meinen Augen erstreckte, und dachte daran, dass nicht weit von den Quellen jenes gewaltigen Stroms der Weg begann, der zu dem wunderbaren Kreuz von Eldorado und zu Ruhm und Reichtum führte.

SIEBTES KAPITEL

In dem von unserer Schiffsreise auf dem Fluss Magdalena erzählt wird und davon, wie uns Rasul alarmierende Neuigkeiten brachte

Mein Vater sagte immer, man soll nie das ganze Geld auf einmal setzen, außer man kennt jede einzelne Spielkarte, die auf dem Spieltisch liegt. Nun gut, mit der Suche nach dem Kreuz leistete ich diesem weisen Grundsatz nicht gerade Folge.

Das Problem war die verschlüsselte Nachricht Tadeo Guevaras oder besser gesagt der zweite Teil jener Nachricht. Das mit dem Mantel der Jungfrau war ja verhältnismäßig einfach zu entziffern gewesen und hatte mich zu der Landkarte geführt, die den Weg zum Kreuz wies. Aber was bedeutete *Suche bei Markus wie Legrand im Käfer*? Ich war schon fast so weit gewesen, das Rätsel mit Yocasta zu besprechen, aber ein Fünkchen Würde hatte mich davon abgehalten. Immerhin war Guevaras Karte in meiner Erinnerung eingraviert und das würde vermutlich reichen, um das wunderbare Kreuz von Eldorado zu finden.

Die *Anaconda* war ein kleines, klappriges Dampfschiff von kaum sieben Metern Länge, dessen vorsintflutlicher

Motor jeden Augenblick zu explodieren drohte. Kapitän Tapioca verbrachte den größten Teil der Zeit am Steuer, von wo aus er sein altes Schiff geschickt flussaufwärts lenkte, während der Indio José schaufelweise Kohlen in den Dampfkessel beförderte. Es gab keine Kabinen, weshalb Ali Akbar, Antonia und ich unter einem Segel, das uns vor der Sonne schützte, auf dem Deck reisten, und dort schliefen wir auch in bequemen Hängematten.

Rasul war noch schweigsamer als üblich und verbrachte lange Stunden mit gekreuzten Beinen und unbeweglich wie eine Statue auf der Bank im Vorschiff. Er wirkte verdrossen, weil er sich in die Suche nach dem Kreuz verwickelt sah, aber offensichtlich hatte er sich damit abgefunden, Teil der Expedition zu sein. Als ich ihn nach dieser Änderung seiner Einstellung fragte, antwortete er mir ziemlich widerwillig: »Dank dir haben wir uns den Hass Tobias Welsers eingehandelt. Wir werden viel Geld brauchen, um ihm die Stirn zu bieten, sodass uns kaum etwas anderes übrig bleibt, als auf die Existenz des Kreuzes zu vertrauen.«

»Natürlich existiert es«, gab ich optimistisch zur Antwort. »Und vergiss Welser; der ist weit weg, in Cartagena.«

»Ja, aber Welser hasst dich, Jaime, und darüber hinaus verabscheut er mich. Unterschätze nie die Macht des Hasses.«

Und mehr sagte er nicht. Aber so war Rasul eben, gesprächig wie ein Granitblock. Seit unserem Wiedersehen in

Barranquilla hatte er sich einen dichten Bart stehen lassen, aber am Tag, der auf unsere Abreise folgte, rasierte er ihn ab und ließ nur den buschigen Schnurrbart übrig, den er schon trug, als ich ihn auf der *Covadonga* kennen lernte. Ich glaube, während er sich in Cartagena aufhielt, versuchte Rasul sein Gesicht mit dem Bart zu tarnen. Warum? Ich weiß es nicht, aber ich nehme an, dass der Grund dafür irgendwie mit der rätselhaften Mission zu tun hatte, die ihn in die Neue Welt geführt hatte.

Angesichts der Tatsache, dass wir uns schon recht lange kannten, wusste ich sehr wenig von Ali Akbar. Er hatte mir nur erzählt, dass er in Latakia geboren war, einer Stadt an der Küste Syriens gegenüber von Zypern, und dass irakisches, persisches und sogar türkisches Blut durch seine Adern floss. Das war alles. Was er beruflich machte oder weshalb er in Amerika war – ich hatte keine Ahnung.

Ich erinnere mich, dass ich ihm einmal erzählte, was mein Vater über ihn gesagt hatte: Er wäre ein *Fidai*, ein *Assassine* im Dienst der Sekte des Alten vom Berge. Rasul zog eine Grimasse, die sowohl der Anflug eines Lächelns als auch eine ärgerliche Gebärde hätte sein können, aber er sagte nichts, weder Ja noch Nein. Im Grunde genommen war es auch egal.

Was Antonia betraf ... Gut, ich gebe zu, sie war wirklich eine besondere Frau. Während unserer Reise auf dem Magdalena hörte ich nie eine Klage über ihre Lippen kommen. Im Gegenteil, sie zeigte sich stets zur Zusammenarbeit bereit und war sehr freundlich. Zu freundlich, ehrlich gesagt. Sobald sich Rasul den Bart abrasiert hatte, begann Antonia mit ihm auf eine Art zu flirten, die ich schon unverschämt fand. Sicher, Ali Akbar beachtete sie überhaupt nicht, aber diese Flirterei störte mich, ich leugne es nicht. Eifersucht?

Vielleicht. Obwohl sie wie ein Mann gekleidet war, hatte Antonia eine hübsche Gestalt und ein sehr schönes Gesicht und damals war ich, nicht zu vergessen, ein Junge, der vor Hormonen nur so strotzte.

Eines Nachts, während die *Anaconda* unter dem bleichen Licht des riesigen Vollmonds, der sich klar gegen die Palmenpflanzungen abzeichnete, das Wasser des Flusses durchpflügte, sah ich, wie Antonia sich auf die Reling stützte – in das Firmament versunken – und kleine Schlucke Wasser aus einer Feldflasche trank. Ich näherte mich ihr und verharrte einige Minuten schweigend an ihrer Seite. Durch den Motorenlärm hindurch konnte ich das sanfte Geräusch ihres Atems hören und aus den Augenwinkeln nahm ich das rhythmische Auf und Ab ihrer Brust wahr. Die Süße ihres Parfüms, vermischt mit dem blumigen Aroma, das die Brise herbeiwehte, drang in meine Nase.

»Was für eine wunderschöne Nacht, nicht wahr?«, bemerkte sie.

Ich rückte so nah heran, dass sich unsere Arme berührten.

»So schön wie du«, sagte ich.

Ein amüsiertes Lächeln erhellte Antonias Gesicht. Sie trank wieder einen Schluck Wasser und fragte beiläufig: »Wie alt bist du, Jaime?«

»Achtzehn«, log ich schnell.

»Bestimmt nicht. Fünfzehn oder allerhöchstens sechzehn. Aber du sollst wissen, dass ich dreiundzwanzig bin. Ich sage nicht, dass ich deine Mutter sein könnte, aber auf jeden Fall deine ältere Schwester.« Sie lächelte wieder und entleerte den Inhalt ihrer Feldflasche über meinem Kopf. »Damit du abkühlst, Jaime«, fügte sie hinzu, während sie sich entfernte.

Und da stand ich nun, triefend vor Wasser, kam mir lächerlich vor und verfluchte das Pech, eine so unerträgliche Frau getroffen zu haben.

Die Fahrt auf dem Fluss Magdalena bedeutete eine wahre Entdeckung für mich. Nie hatte ich mich bisher von der Küste entfernt und diese Reise war daher mein erster Besuch im Landesinneren. Obwohl ich am Anfang ehrlich gesagt nicht allzu viel sehen konnte, außer den Mauern aus Vegetation, die sich an beiden Ufern des Flusses erhoben. Trotzdem offenbarte mir das Wenige, das meine Augen betrachten konnten, ein wunderbares, wildes Universum, das dem Bild, das ich vom Beginn der Welt hatte, sehr ähnelte. Es war, als würden wir, indem wir den Magdalena flussaufwärts fuhren, in der Zeit rückwärts reisen.

Während der ersten Tage unserer Schifffahrt zeigte sich der Fluss ruhig und so breit, dass wir gelegentlich die Ufer aus den Augen verloren, und es schien, als wären wir auf ruhiger See unterwegs. Dann wurde das Flussbett allmählich enger und das Wasser lebhafter. Der dichte Wald, der uns umgab, war jetzt undurchdringlich und zwischen den Zweigen einiger Bäume, die so hoch waren, dass sie den Himmel mit ihren Wipfeln zu liebkosen schienen, sahen wir Grünflügelaras und Tukane, Sperber, Pirole und Kolibris fliegen. Einmal überraschten wir einen Jaguar, der am Ufer trank. Die hochmütige Raubkatze beobachtete uns mit unerschrockenen Augen und ging dann langsam und mit großer Würde Richtung Dickicht.

Wenn es Nacht wurde, bot uns der Fluss ein ganz neues Schauspiel, sogar noch überraschender und unwirklicher als tagsüber: Die Ufer bevölkerten sich mit Myriaden von Glühwürmchen, die die Dunkelheit mit dem Schimmer ihrer Funken durchlöcherten. Es war zauberhaft. Obwohl natürlich mit Einbruch der Dunkelheit auch die Moskitos kamen. Himmel, was waren sie wild, jene Moskitos des Magdalena!

Vielleicht vermittle ich den Eindruck, als wären wir in Einsamkeit dahingeglitten, aber das täuscht. Ständig fuhren wir an Kanus und Barkassen vorbei, die mit Papayas, Kakao, Mangos oder Bananen beladen waren, die sie nach Norden transportierten. Und häufig entdeckten wir am Flussufer kleine Dörfer mit Holzmolen, an denen sich die Kinder versammelten um uns zuzuwinken. Ab und zu legte Kapitän Tapioca bei einer dieser bescheidenen Siedlungen an, um uns mit Kohlen, Fleisch und Obst zu versorgen, und diese regelmäßigen Haltepunkte bildeten die einzige Unterbrechung in der Eintönigkeit einer Reise, die sich als völlig ruhig erwiesen hätte, wenn da nicht ein paar Zwischenfälle gewesen wären, die sich fast als verhängnisvoll herausgestellt hätten.

Der erste Zwischenfall dieser Art ereignete sich in der Abenddämmerung unseres fünften Reisetags, während wir Ciénaga de la Zapatosta hinter uns ließen und in ein verlassenes und unwegsames Gebiet eindrangen. Rasul, der seinen üblichen Platz auf der Bank im Vorschiff eingenommen hatte, schnellte plötzlich hoch.

»Da!«, sagte er zu Kapitän Tapioca und zeigte mit dem Finger nach vorn. »Siehst du diese zwei Kanus, die sich von beiden Seiten des Flusses her nähern? Sie kommen genau auf uns zu.«

Der Kapitän kratzte sich unter seiner schmuddeligen Mütze am Kopf und stellte fest, dass die Bahnen der beiden Kanus ein »V« formten, dessen Spitze auf die *Anaconda* zulief.

»Vielleicht wollen sie uns etwas verkaufen«, vermutete er.

Rasul schüttelte den Kopf.

»Fünf Männer in jedem Kanu. Zu viele Verkäufer.«

Sofort danach ergriff er eines der Gewehre, zielte auf das rechte Boot und gab einen Warnschuss ab, der das Wasser direkt vor dem Kiel aufspritzen ließ. Während einiger Augenblicke geschah nichts. Dann eröffneten die Kerle in den Kanus plötzlich das Feuer.

»Flusspiraten!«, rief Tapioca. »Zu den Waffen!«

Schnell nahmen wir die Gewehre zur Hand und schickten uns an, den Angriff der Banditen zu erwidern. Während ich mein Gewehr entriegelte, um eine Kugel in das Patronenlager einzuführen, beobachtete ich aus den Augenwinkeln, dass Antonia ihre Waffe mit unvermuteter Geschicklichkeit handhabte. Da ich nicht hinter ihr zurückstehen wollte, legte ich behände an, zielte auf das linke Kanu und drückte ab.

Mein Vater hatte mir beigebracht, Gewalt zu verabscheuen, und, ich will offen sein, es war das erste Mal, dass ich eine Waffe benutzte. Auf jeden Fall prallte der Gewehrkolben beim Auslösen durch den gewaltigen Rückschlag gegen meine Schulter und warf mich heftig zu Boden. Als ich benommen dort lag und mich fragte, ob ich mir wohl das Schlüsselbein gebrochen hatte, drehte Antonia den Kopf zu mir und sagte ironisch: »Du musst den Gewehrkolben fest gegen die Schulter pressen, kleiner Jaime, oder du fegst weiterhin das Deck mit deinem Allerwertesten.«

Ich murmelte einen Schwall von Verwünschungen, nahm das Gewehr wieder auf und schoss. Allerdings mit mehr Begeisterung als Treffsicherheit, denn ich schaffte es nur, herumzulärmen und meine misshandelte Schulter noch mehr zu zerquetschen. Dafür besaß Rasul eine außerordentliche Zielsicherheit und der Indio José entpuppte sich ebenfalls als großer Schütze, sodass die Piraten kehrtmachten und sich in aller Eile entfernten.

Vermutlich trug dieses Abenteuer nicht gerade dazu bei, mein Ansehen zu verbessern, aber der zweite Zwischenfall rückte die Dinge wieder zurecht. Es geschah wenige Tage später. Tapioca hatte die *Anaconda* neben einem kleinen Laden am Flussufer vertäut. Während der Kapitän und José damit beschäftigt waren, Kohle und Lebensmittel zu laden, machten Antonia, Ali Akbar und ich einen Spaziergang in der Umgebung. Nachdem wir ein Stückchen gelaufen waren, kommentierte Antonia vergnügt die Schönheit der Gegend und setzte sich auf den rauen Stamm eines umgestürzten Baums.

Da öffnete der Stamm ein mit Zähnen gespicktes Maul und versuchte Antonia zu verschlingen. Denn es war kein Baumstamm, sondern ein riesiger Kaiman, der entschlossen war, die junge Frau in seinen Speiseplan aufzunehmen. Zum Glück war Rasul zur Stelle. Seine Hände blitzten, als sie plötzlich mit den beiden Mauserpistolen bewaffnet auftauchten, deren Magazine er in kaum einer Sekunde in den offenen Schlund des Tieres leer schoss. Der Kaiman war sofort tot, aber Antonia fing erschrocken an zu schreien und vollführte lächerliche kleine Sprünge, als wäre sie gerade einer Maus und nicht einem Raubtier begegnet.

Wahrscheinlich war die Sache alles andere als witzig, trotzdem musste ich mich vor Lachen ausschütten. Als sie ihre Fassung wiedergewonnen hatte, nahm Antonia eine Haltung beleidigter Würde ein und entfernte sich hochmütig.

Dennoch betrachtete sie mich seit diesem Zwischenfall nicht mehr mit der Überheblichkeit, die sie bislang an den Tag gelegt hatte, und natürlich setzte sie sich während der gesamten Überfahrt nie wieder hin, ohne sich vorher davon zu überzeugen, dass die Sitzgelegenheit auch keines ihrer Beine verschlingen würde.

Und das war alles. Am zehnten Tag nach unserer Abfahrt aus Calamar erreichten wir schließlich Barrancabermeja, den Ort, an dem unsere Flussreise endete und unsere Reise über Land begann.

Barrancabermeja war eine sehr schöne Stadt mit hübschen Kolonialbauten und einem lebhaften Binnenhafen. Leider hatten wir wenig Zeit sie zu besichtigen, denn kaum waren wir von Bord gegangen, drängte Rasul darauf, den Marsch fortzusetzen, ohne uns für eine Übernachtung in dem Ort aufzuhalten. Antonia protestierte und führte an, dies sei ihre letzte Gelegenheit zu einem zivilisierten Bad, und ich konnte nicht anders als ihr zuzustimmen, denn heimlich hegte ich die Hoffnung, diese Nacht in einem weichen Bett zu verbringen.

Aber Ali Akbar war unnachgiebig: Entweder brachen wir sofort auf, oder er würde die Expedition verlassen. Obwohl er sich selbstverständlich nicht damit aufhielt, uns den Grund dieser Eile zu erläutern, gaben wir nach und gingen am späten Vormittag in die Stadt, um die Pferde und Maultiere zu erwerben, die wir für die Reise benötigten. Außerdem brauchten wir Träger, sodass wir drei Zambos namens Herminio, Teodoro und Melquíades anheuerten.

Etwas schwieriger gestaltete sich die Suche nach einem Führer, auch wenn man uns schließlich nach vielen Nachfragen von einem gewissen Indio erzählte, der aus dem Süden des Landes stammte und der beabsichtigte, in Kürze in seine Heimat zurückzukehren. Es handelte sich um Luis Obando, der im Hochland der Region Huila geboren worden war. Das war wirklich ein Glück, denn genau dort wollten wir hin. Don Luis, ein Mann mit kupferfarbener Haut, mandelförmigen Augen, sehr markanten Gesichtszügen und undefinierbaren Alters, nahm unser Angebot an und wurde das siebte Mitglied der Expedition.

Wir kehrten zum Hafen zurück, beluden die Maultiere mit der Ausrüstung, die wir auf der *Anaconda* mitgeführt hatten, verabschiedeten uns von Kapitän Tapioca und seinem Gehilfen und brachen in den frühen Abendstunden auf. Die lärmende Stadt Barrancabermeja ließen wir hinter uns.

Wir befanden uns mehr oder weniger mitten in Kolumbien. Von diesem Punkt aus würde unser Weg durch das riesige Flusstal des Magdalena in Richtung Südosten führen, wobei der Fluss rechts und die Cordillera Oriental, die östliche Bergkette der Anden, links von uns lagen. Anfangs war der Weg eben und in gutem Zustand, auch wenn wir ihn gelegentlich, obwohl die Regenzeit noch nicht eingesetzt hatte, wegen der unzähligen Flüsse und Bäche, die vom Gebirge in die Ebene hinabströmten, überschwemmt vorfanden. Trotzdem kamen wir schnell voran, bis Ali Akbar drei Tage später stehen blieb und sagte: »Reitet ohne mich weiter. Ich werde euch weiter vorn einholen.«

Rasul verließ uns? Antonia und ich wechselten einen alarmierten Blick.

»Aber was wirst du tun?«, fragte ich.

»Etwas überprüfen«, antwortete Ali Akbar, lakonisch wie immer.

Sowohl Antonia als auch ich protestierten energisch, denn es bereitete uns nicht das geringste Vergnügen, den Schutz eines so wertvollen Verbündeten zu verlieren, und sei es auch nur zeitweise. Aber ich kannte Rasul inzwischen und wusste, dass keine Macht der Welt es schaffte, ihn von einer Idee abzubringen, die er sich einmal in den Kopf gesetzt hatte.

»Reitet in Richtung Südwesten weiter«, schloss er unnachgiebig. »Und behaltet das Tempo bei. In zwei Tagen werde ich wieder zu euch stoßen.«

Sofort danach veranlasste Rasul sein Pferd zu einer Kehrtwendung und ritt im Galopp nach Nordosten, auf demselben Weg zurück, den wir gekommen waren. Ich sah mutlos zu, wie sich mein Freund in der Ferne verlor, bis Antonia, deutlich schlecht gelaunt, meine Benommenheit vertrieb, indem sie sagte: »Lass uns nicht noch mehr Zeit verlieren und verflucht noch mal losreiten.«

Während der folgenden achtundvierzig Stunden geschah nichts Erwähnenswertes. Wir reisten von früh bis spät, und wenn die Nacht anbrach, suchten wir irgendeinen zurückgezogenen Ort, um dort zu lagern. Wir zogen durch ein Gebiet, in dem sich bewirtschaftete Felder mit Wiesen und Wäldern abwechselten. Es war ein recht dicht besiedeltes Gebiet und häufig kamen wir an Gruppen von Dorfbewohnern vorbei, Indios und Mestizen, die uns einige Augenblicke lang neugierig ansahen, sich aber dann wieder ihren Aufgaben zuwandten ohne uns weiter zu beachten. Wir stießen weder auf Piraten noch auf Kaimane, noch auf irgendeine andere Art von Gefahr, aber ich empfand dennoch eine gewisse Unruhe, denn Rasuls Abwesenheit machte mir bewusst, wie außerordentlich verletzlich und unbedeutend ich in diesem riesengroßen Land war.

Zum Glück hielt Ali Akbar sein Versprechen und kam zwei Tage später zurück. Aber er brachte keine guten Nachrichten mit. Die Nacht war gerade hereingebrochen und wir hatten unser Lager neben einem kleinen Bach aufgeschlagen. Melquíades hatte ein Lagerfeuer angezündet und war dabei, Kaffee zu kochen, als Rasul mürrisch und müde zu Pferde auftauchte. Er stieg schweigend ab, und ohne sich mit einem Gruß aufzuhalten, nahm er sich eine Tasse Kaffee, breitete eine Decke auf dem Boden aus und machte es sich auf ihr bequem. Ich gebe zu, dass mich seine Verschlossenheit gelegentlich zum Wahnsinn trieb.

»Und, was ist nun?«, fragte ich ihn ungeduldig.

Rasul leerte den Kaffee in einem Zug und sagte mit ruhiger Stimme: »Ich bin auf demselben Weg zurückgeritten, den wir gekommen sind, und auf halber Strecke habe ich entdeckt, dass wir verfolgt werden. Von Tobias Welser und zehn seiner Männer.«

»Wie bitte?!«, riefen Antonia und ich gleichzeitig aus.

»Sie müssen kurz nach uns in Barrancabermeja angekommen sein«, fuhr Rasul fort. »Unser Vorsprung beträgt kaum einen Tag.«

Ein bedrückendes Schweigen trat ein.

»Aber das macht keinen Sinn«, sagte ich sehr nervös. »Dieser Kerl ist reich, weshalb bemüht er sich höchstpersönlich uns zu suchen?«

»Weil er uns hasst«, gab Ali Akbar zur Antwort. »Und er wird nicht ruhen, bis er uns getötet hat.«

»Vergessen wir nicht, dass er auch an dem Kreuz interessiert ist«, schaltete sich Antonia ein.

»Das ist richtig«, stimmte Rasul zu; dann unterdrückte er mit dem Handrücken ein Gähnen und sagte zu mir: »Da ist noch etwas, Jaime. Erinnerst du dich an den Einäugigen, von dem du mir erzählt hast? Der folgt uns ebenfalls.«

»Ich wusste doch, dass er einer von Welsers Männern ist«, murmelte ich.

Rasul schüttelte den Kopf.

»Nein, das ist er nicht. Der Einäugige bewegt sich parallel zu Welsers Männern, darauf bedacht, dass sie ihn nicht entdecken. Das konnte ich durch mein Fernglas beobachten: Sie gehören nicht zusammen.«

Ich stieß die Luft aus und begann hin und her zu laufen. Das war eine Katastrophe. Der übelste Mann von ganz Kolumbien und ein bezahlter einäugiger Mörder, Gott weiß von wem angeheuert, waren hinter mir her, um mir die Haut abzuziehen. Fantastisch!

»Was sollen wir machen?«, fragte ich mutlos.

Rasul räkelte sich wie ein müder Bär, ließ sich auf die Decke fallen und schloss die Augen.

»Weiterreiten«, sagte er und bevor er fest einschlief, fügte er hinzu: »So schnell wie möglich.«

ACHTES KAPITEL

In dem von unserer Ankunft
im Land der alten Götter berichtet wird
und eine sehr unangenehme
Begegnung stattfindet

Unsere Reise in den Südwesten des Landes war eine beschwerliche und anstrengende Erfahrung. Wir erwachten noch vor der Morgendämmerung und reisten ohne Pause bis nach Sonnenuntergang, und das Tag für Tag. Wir durchquerten kahle Hochebenen, kletterten auf Berge und durch Schluchten, ritten an Sümpfen vorbei, wo es von Klapperschlangen und Insekten nur so wimmelte, drangen in urwaldartige Gebiete ein, deren Vegetation so dicht war, dass sie sogar das Licht schluckte, wir schwitzten unter der unbarmherzigen Sonne der Tropen und waren nahe daran, in einem ungeheuren Unwetter zu ertrinken.

Aber wir ritten weiter, ohne uns mehr Ruhe als ein paar Stunden Schlaf in der Nacht zu gönnen, denn wie Rasul immer wieder überprüfte, folgten uns Welser und seine Männer in einer Entfernung von nicht mehr als zwanzig Kilometern und dasselbe galt für den verfluchten Einäugigen, der mir nachstellte wie ein Bluthund.

Unser Marschrhythmus war so hart, dass sogar Herminio, Teodoro und Melquíades – Männer, die an große Anstrengungen gewöhnt waren – zu protestieren begannen. Antonia hingegen beklagte sich kein einziges Mal, worüber ich mich sehr wunderte, denn sie hatte stark abgenommen und schien von Tag zu Tag an Kraft zu verlieren. Rasul war dagegen wie ein Fels in der Brandung und ich bin sicher, dass noch nicht einmal ein Erdbeben es geschafft hätte, ihn aufzuhalten. Was mich anging ... Sagen wir mal, ich musste mir immer wieder das wunderbare Kreuz von Eldorado vor Augen rufen – mit all seinem Gold und den Smaragden –, damit ich die notwendige Willensstärke fand, um unverdrossen weiterzuziehen.

Aber wer mich am meisten beeindruckte, war Don Luis, unser Führer. Jener kleine hagere Indio, der ein Wams und Hosen aus weißer gesteppter Wolle und Hanfschuhe an den Füßen trug und den Kopf mit einem alten Strohhut bedeckte, war unermüdlich, geradezu unerschütterlich. Egal welcher Anstrengung er sich unterziehen musste, weder sein Gesichtsausdruck – in Stein gemeißelt wie die Statuen der Inkas – noch sein Atemrhythmus schienen sich auch nur im Geringsten zu verändern.

Wenn man Rasul als Mann weniger Worte bezeichnen konnte, dann war Don Luis ein Ausbund an Schweigsamkeit. Er benutzte meist nur einsilbige Worte und auch nur dann, wenn es dringend notwendig wurde. Aber er war ein guter Führer, der das Gebiet so gut kannte wie die Handflächen seiner schwieligen Hände und der uns, dreiundvierzig Tage nach unserer Abreise, exakt zu unserem Ziel führte.

Das riesige Tal des Magdalena erstreckt sich auf einer Länge von zweitausend Kilometern vom Norden bis zum Süden des Landes, eingefasst von der Cordillera Oriental und der Cordillera Central, zwei der drei Gebirgsmassive, in die sich die Anden teilen, wenn sie Kolumbien erreichen. Wir wandten uns in Richtung des Gebiets, in dem beide Bergketten zusammenlaufen, ganz in der Nähe der Quellen des Magdalena, etwas mehr als einen Breitengrad von Ecuador entfernt.

Wir überquerten den Fluss in Puerto Salgar, ließen Manizales hinter uns und ritten weiter nach Süden bis nach Ibagué und dann bis nach Neiva, das bereits in der Region Huila liegt. So erreichten wir schließlich den Ort, an dem aller Wahrscheinlichkeit nach die Landkarte Guevaras den Weg aufzuzeigen begann, der zum Kreuz von Eldorado führte. Theoretisch mussten wir dort auf den so genannten Schwefelberg stoßen.

Aber als wir ankamen, konnten wir nichts dergleichen entdecken.

Am späten Nachmittag hielten wir auf einer Berghöhe, die über den letzten Ausläufern des Tals lag. Rasul schob sein Fernrohr auseinander und richtete es gen Nordosten.

»Welser ist weniger als zwanzig Kilometer entfernt«, sagte er nach einigen Sekunden. »Wir müssen weiter.«

»Aber wir haben uns verirrt.« Antonia studierte das Blatt, auf dem sie die Landkarte Guevaras abgezeichnet hatte. »Dort hinten, Richtung Westen, müsste dieser verfluchte Schwefelberg liegen ...«

Ich betrachtete das ferne Gebirgsmassiv aus nacktem Stein.

»Dort sind viele Berge«, sagte ich.

»Aber keiner aus Schwefel«, knurrte Antonia.

Ein langes Schweigen entstand.

»Ruhen wir uns eine halbe Stunde lang aus«, sagte Rasul. »Dann gehen wir weiter Richtung Süden.«

Die Träger setzten sich erleichtert auf den Boden. Antonia betrachtete die Landkarte und hüllte sich in zurückhaltendes Schweigen. Rasul nahm auf einem Stein Platz und ich, nun ja, ich richtete den Blick wieder auf das Tal, das sich zu meinen Füßen erstreckte, und zog mutlos die Möglichkeit in Betracht, dass sich die Landkarte Guevaras und das Kreuz von Eldorado jetzt vielleicht als die Fantasien eines alten Säufers entpuppen würden. Ich blieb so lange in solch düstere Gedanken vertieft, dass ich gar nicht merkte, wie die Ruhezeit verflog.

»Lasst uns gehen«, befahl Rasul auf einmal und klatschte in die Hände.

Ich seufzte schwer und holte mein Pferd. Da blieben meine Augen zufällig an einem der Gipfel der fernen Bergkette hängen. Die Sonne, die am Horizont unterging, strahlte jetzt die westliche Seite der Berge an und tauchte sie in einen intensiven Farbton zwischen gelb und orange.

»Schaut nur«, murmelte ich.

Antonia wandte den Blick und blieb mit offenem Mund stehen.

»Wie heißt dieser Gipfel, Don Luis?«, fragte sie unseren Führer aufgeregt.

»Pan de Azúcar«, antwortete er ausdruckslos. »Ein Vulkan.«

»Ein Vulkan!«, rief ich aus. »Der Schwefelberg, auf den sich Guevara bezieht!«

Antonia zog erneut die Karte zu Rate.

»Dann«, sagte sie und zeigte nach Südwesten, »müssen wir in diese Richtung auf den Wald zugehen, der sich am Fuß der Berge erstreckt.«

»Der Statuenwald ...«, murmelte ich und erinnerte mich an die Karte, die Tadeo Guevara an die Wand seines Hauses gemalt hatte.

Ali Akbar schob das Fernrohr auseinander und betrachtete seinerseits die Stelle, auf die Antonia wies.

»Am Waldrand liegt ein Dorf«, sagte er. »Ungefähr fünfzehn Kilometer von hier entfernt. Dort werden wir die Nacht verbringen.«

Am nächsten Tag begannen die Probleme. Die Bewohner des Dorfes, neben dem wir gelagert hatten, empfingen uns freundlich, das schon, aber sie schwatzten auch mit unseren Trägern und brachten sie auf den neuesten Stand der örtlichen Legenden. Mit dem Ergebnis, dass wir uns beim Abschied einer kleinen Meuterei gegenübersahen. Herminio, Teodoro und Melquíades weigerten sich, den Urwald zu durchqueren.

»Sie haben uns gesagt, das sei die Ruhestätte der alten Götter«, führte Teodoro an.

»Und dass ihr Geist durch den Wald irrt«, fügte Melquíades hinzu.

»Außerdem«, mischte sich Herminio besorgt ein, »ist El Poira im Dschungel ...«

»Was ist El Poira?«, erkundigte ich mich.

»Ein Dämon«, gab Teodoro zur Antwort. »Er entführt Leute.«

Antonia schnaubte verächtlich, stemmte die Arme in die Seiten und wies die Knechte scharf zurecht: »Ihr seid mir vielleicht ein Haufen Feiglinge! Machen euch Gespenster und Dämonen etwa Angst? Dann schaut mich an, verflucht: Ich bin eine Frau und ich werde diesen Urwald betreten, denn ich habe keine Angst vor den alten Geschichten.«

Antonia wusste, wie sie diese Männer bei ihrer Ehre packen musste. Unsere Träger konnten unmöglich hinnehmen, dass eine Frau mutiger war als sie, sodass sie sich gezwungen sahen, uns ihrer Angst zum Trotz ins Innere des Urwalds zu folgen.

Und was war das für ein Urwald, meine Freunde! Er war vielleicht nicht ganz so dicht wie der Amazonasdschungel, aber üppig genug, um unser Vorrücken zur Hölle werden zu lassen. Gigantische Bäume, ungeheure Farne, Feigenbäume, in denen man sich verfing, endlose Lianen, Schlingpflanzen,

Kletterpflanzen ... Ich bedaure, dass ich in Botanik nicht so bewandert bin, um alle Arten beschreiben zu können, die es dort gab, denn das war wirklich ein Pflanzenmeer, eine smaragdgrüne Flut, die alles überschwemmte mit Pflanzensaft, Blättern, Blüten und Wurzeln.

Stundenlang folgten wir dem gewundenen Pfad, der das Dickicht durchzog, bis ins Herz des Waldes hinein, und verscheuchten dabei Schmetterlinge und Libellen auf unserem Weg. Als die Nacht anbrach, errichteten wir unser Lager auf einer Lichtung voller Steine, die von Moos und Flechten überzogen waren. Während ich mein Pferd von seinem Sattelzeug befreite, fiel mir auf, dass die riesigen Steinblöcke, die uns umgaben, nicht natürlich waren, sondern Ruinen eines sehr alten Gebäudes. Als ich das Rasul gegenüber bemerkte, nahm der die Nachricht mit einem gleichgültigen Schulterzucken zur Kenntnis. »In den Wüsten meines Landes habe ich vom Sand verschluckte Städte gesehen, so alt wie die Zeit selbst«, sagte er.

Es kann ja sein, dass Ali Akbar diesen rätselhaften Ruinen wenig Bedeutung zumaß, aber unseren Knechten ging es ganz anders, denn Herminio, Teodoro und Melquíades drängten sich aneinander und betrachteten furchtsam das, was sie für die letzte Ruhestätte der Geister hielten. Ihre Angst war so groß, dass wir am nächsten Tag beim Aufwachen entdeckten, dass die drei verschwunden waren.

»Sie sind heute Nacht aufgebrochen«, sagte Don Luis.

»Warum haben Sie uns nicht Bescheid gesagt?«, fragte Antonia missmutig.

Der Führer richtete seine gleichmütigen Augen auf sie.

»Weil das nicht meine Sache ist«, antwortete er.

»Und das alles nur wegen dieser Geschichte über El Poira«, murmelte Antonia, »einem lächerlichen Dämon.«

»El Poira ist kein Dämon«, berichtigte sie Don Luis. »So nennt man Blasco Luján.«

»Wer ist Blasco Luján?«, fragte ich.

»Ein Menschenjäger. Er verfolgt mein Volk, um die Leute als Sklaven an die Minen in Chocó zu verkaufen.«

»Aber die Sklaverei ist doch per Gesetz verboten«, entgegnete Antonia.

»Welches Gesetz, Mädchen?«, mischte sich Rasul ein, der gerade den Sattel auf sein Pferd geschnallt hatte. »Wir haben das ganze Land durchquert und ich habe nirgendwo etwas von einem Gesetz gesehen.« Er schnalzte mit der Zunge. »Genug geschwatzt, wir müssen los. Wir werden abwechselnd die Maultiere führen. Du als Erster, Jaime.«

Irgendetwas beunruhigte Rasul. Mit dem Betreten des Urwalds hatten wir unseren größten Vorteil verloren, denn in diesem dicht bewachsenen Gelände war es unmöglich, die Entfernung zu schätzen, die uns von Welsers Gruppe trennte. Und Ali Akbar hatte in der Tat allen Grund zur Beunruhigung, wie sich bald zeigen sollte.

Es geschah am späten Vormittag, als wir im Gänsemarsch ein Wegstück zurücklegten, wo sich der Pfad verengt hatte. Rasul ritt langsam an der Spitze, gefolgt von Antonia und Don Luis. Ich bildete die Nachhut und führte mein Pferd am Zügel, während ich mit der anderen Hand die Maultiere zog.

Plötzlich verharrte Rasul einige Augenblicke regungslos

und aufmerksam. Ich wollte ihn gerade fragen, was los wäre, als er sich unerwartet vom Pferd fallen ließ, über den Boden rollte und zwischen ein paar Büschen Schutz suchte.

Dann tauchten plötzlich acht Männer aus dem Laub auf, wo sie im Hinterhalt gelegen hatten, und schnellten wie Raubtiere auf uns zu. Sie rissen Antonia zu Boden und ergriffen Don Luis. Mir verdrehte ein hoch gewachsener schlanker Mann, der wie ein Schurke aussah, den Arm. Ich schickte mich gerade an, erbost gegen diesen Überfall zu protestieren, als ich die kalte Berührung eines Revolverlaufs an meinem Kopf wahrnahm (was mich natürlich verstummen ließ).

»He, du, Mufti!«, rief der Schurke. »Komm mit erhobenen Händen raus, bevor ich bis drei zähle, oder deine Freunde werden sterben!« Er machte eine kleine Pause und begann dann zu zählen: »Eins ...« Er spannte den Schlagbolzen. »Zwei ...«

Die Blätter eines großen Busches bewegten sich und Rasul erschien, die Hände hoch über dem Kopf erhoben. Sein Gesicht zeigte keine Regung, aber zwischen den Augenschlitzen bewegten sich seine Pupillen schnell und wachsam. Zwei der Angreifer entwaffneten ihn, ohne ihn aus der Schusslinie zu lassen. Danach fesselten sie uns allen die Hände auf den Rücken und knüpften uns ein Seil um den Hals. Der Schurke näherte sich uns und betrachtete uns lächelnd. Über den beiden Revolvern, die er am Gürtel trug, glänzte eine Jacke aus Schlangenleder und um den Hals hing ihm eine Kette mit großen schwärzlichen Anhängern, von denen ich zunächst nicht genau erkennen konnte, um was es sich dabei handelte.

»Ich heiße Blasco Luján, genannt El Poira«, sagte er. »Ihr gehört jetzt mir. Wenn ihr nicht gehorcht, werdet ihr bestraft. Wenn ihr euch widersetzt, werden wir euch töten.« Er machte eine kleine Pause und fügte dann hinzu: »Vorwärts.«

Während uns die Banditen mit ihren Gewehrkolben antrieben, konnte ich die Anhänger der Kette, die El Poira trug, deutlich sehen: Es waren menschliche Ohren.

Kurz und gut, Freunde, da standen wir nun, mitten im Urwald, gefangen genommen von einer Bande Sklavenhändler, und dachten, es könnte nicht mehr schlimmer kommen. Aber es kam noch schlimmer. Nachdem wir auf einen Seitenweg abgebogen waren, gingen wir fast eine Stunde lang in Richtung Norden, immer unter den Beschimpfungen und Schlägen dieser Menschenjäger, bis wir die Lichtung erreichten, auf der sich El Poiras Lager befand.

Mehrere Zelte waren um ein Lagerfeuer herum aufgeschlagen. Auf einer Seite standen die Pferde und Maultiere. Auf der anderen, zwischen der Ausrüstung, ruhten etwa zehn Kerle, die aussahen wie Banditen. Einer stand mit dem Rücken zu uns neben dem Lagerfeuer und trank eine Tasse Kaffee. Als er uns kommen hörte, drehte er sich um und da sah ich sein Gesicht. Ich glaubte, die Erde täte sich unter meinen Füßen auf. Es war Tobias Welser.

»Na sieh mal einer an, wen haben wir denn da?« Welser betrachtete uns mit einem schiefen Lächeln, das nichts Gutes verhieß, ging dann zu Rasul und fauchte ihn an: »Ich sagte doch, wir würden uns wieder sehen, Mufti ... Aber du und ich, wir werden uns später noch unterhalten.« Er wandte sich Antonia zu: »Die süße Antonia!«, rief er hämisch aus. »Schön, verlogen und diebisch, das ist Antonia Rodríguez, wie sie leibt und lebt.«

»Rodríguez?«, murmelte ich verblüfft. »Wieso denn Rodríguez?«

»Ja, Antonia Rodríguez. Was hat sie dir denn gesagt, wer sie sei, Junge?«

»Die Enkelin von Tadeo Guevara ...«

Tobias Welser schnaubte verächtlich.

»Die Schlampe lügt, sobald sie den Mund aufmacht. Deine Freundin hat als Zimmermädchen in meinem Haus gearbeitet und mein Vertrauen missbraucht. Sie schnüffelte in meinen privaten Dokumenten und hat mir Geld gestohlen, das ich im Tresor aufbewahrte.«

Antonia hob das Kinn, richtete sich auf und trotz ihrer gefesselten Arme schaffte sie es, eine Haltung beleidigter Würde einzunehmen.

»Das war kein Diebstahl, sondern ein Darlehen«, sagte sie mit fester Stimme. »Ich wollte das Geld zurückgeben, sobald ich das Kreuz gefunden hätte. Was meine Identität betrifft ... zugegeben, ich bin zwar nicht die Enkelin Tadeo Guevaras, aber Rodríguez heiße ich ebenso wenig.« Sie hielt sich noch aufrechter und erklärte feierlich: »Ich bin Antonia Saavedra, direkte Nachfahrin von Don Íñigo de Saavedra, dem spanischen Eroberer, der das Kreuz von Eldorado schmieden ließ.«

Ich glaube, wir alle, mich selbst eingeschlossen, starrten sie verblüfft an. Nach einigen Sekunden maßlosen Erstaunens brach Welser in donnerndes Lachen aus.

»Diese Frau ist unglaublich!«, rief er aus. »Verlogen bis zum Schluss!« Das Lachen verschwand plötzlich von seinen Lippen. »Aber kommen wir jetzt mal auf das Kreuz zu sprechen. Ihr habt euch also vorgenommen es mir zu stehlen, im Vertrauen darauf, dass ich das zulassen würde, nicht wahr? Ihr Dummköpfe! Ihr seid ganz schön gerannt, das stimmt, aber ich war euch immer dicht auf den Fersen.« Er grinste verschlagen. »Bis ihr euch mitten in El Poiras Gebiet begeben habt, wie unschuldige Lämmer auf dem Weg zum Schlachter. Was ihr nicht wusstet, ist, dass Luján schon seit Jahren für mich arbeitet und mir die notwendigen Arbeitskräfte für meine Minen besorgt, und da ich ein guter Chef bin, hatte er nichts dagegen, mir den Gefallen zu tun, euch für mich zu jagen.«

»Immer zu Ihren Diensten, Chef«, erwiderte El Poira zuvorkommend.

»Betrachten wir mal eure Lage«, fuhr Welser fort. »Ihr gehört jetzt El Poira. Das heißt, dass die süße Antonia in irgendeinem Bordell an der Küste landen wird und dass ihr anderen für den Rest eures kläglichen Lebens in den Goldminen von Chocó arbeiten werdet. Das wäre die angenehmere Möglichkeit.« Seine Augen wurden hart. »Die unangenehmere Variante käme zum Einsatz, wenn ihr mir nicht verratet, wo genau sich das Kreuz von Eldorado befindet.

Dann werde ich euch nämlich die Augen ausbrennen, die Knochen brechen und die Haut in Streifen abziehen.«

Antonia trat herausfordernd einen Schritt nach vorn.

»Niemals!«, rief sie wie Jeanne d'Arc vor dem Scheiterhaufen. »Lieber sterben als es dir sagen, Welser!«

Es erübrigt sich zu erwähnen, dass ich damit ganz und gar nicht einverstanden war und mich schändlich unterwürfig zeigte.

»Sie hat eine Karte, Señor. Sie trägt sie in der Tasche bei sich.«

Welser durchsuchte Antonia (die mir einen mörderischen Blick zuwarf) schnell, fand die Karte und betrachtete sie triumphierend.

»Endlich!«, rief er. »Nach dreißig Jahren wird das Kreuz den Welsers gehören!« Er wandte sich an Luján und befahl ihm: »Sperrt sie ein, bis auf den Araber. Mit dem muss ich erst noch reden.«

El Poiras Männer schubsten uns zu einem Bambuskäfig, der sich an einem Ende der Lichtung befand, und zwangen uns hineinzugehen. Ali Akbar, dessen Hände auf den Rücken gebunden waren und der von zwei der Banditen eisern festgehalten wurde, blieb mitten im Lager stehen.

»Du hast mit deinen Waffen auf mich gezielt«, sagte Welser zu ihm und trat ganz nah an ihn heran. »Du hast es gewagt, mich zu bedrohen, und du hast mich in einem Keller eingeschlossen, als wäre ich ein Tier.« Er machte eine lange Pause und landete plötzlich einen wuchtigen Faustschlag auf Rasuls Kiefer. »Und was sagst du jetzt?«, brüllte er.

Ali Akbar, dem ein feines Rinnsal Blut am Mundwinkel entlanglief, wandte Walser langsam den Blick zu, betrachtete ihn verächtlich und spuckte ihm ins Gesicht. Walser riss die Augen weit auf, wischte sich die Spucke mit einem Taschentuch ab und blind vor Zorn begann er, immer und immer wieder auf den Körper meines Freundes einzuschlagen. Ich schrie, er solle aufhören und dass er ihn umbringen würde, aber Welser ließ weiterhin seine Fäuste an Rasul aus, auch nachdem der das Bewusstsein verloren hatte; und er hätte noch weiter gemacht, wenn El Poira nicht gewesen wäre, der ihn nach fast zwanzig Minuten am Arm festhielt und sagte: »Ruhig, Chef. Der Araber ist kräftig und ich werde gutes Geld für ihn bekommen; aber wenn Sie ihn weiter so schlagen, ist er keinen Pfifferling mehr wert.«

Welser atmete ein paar Mal tief durch und betrachtete den leblosen Rasul. Er musste begriffen haben, dass Ali Akbar nichts mehr spürte, egal, wie fest er zuschlug. Also säuberte er sich mit dem Taschentuch die Hände, ging zu den Pferden hinüber und befahl seinen Gefolgsleuten: »Vorwärts!«

Die Männer, die Rasul stützten, ließen ihn zu Boden fallen und gesellten sich zu ihren Kameraden. Nur wenige Minuten später verließ Walsers Gruppe das Lager. Inzwischen hoben El Poiras Kumpane den ohnmächtigen Ali Akbar auf und warfen ihn in den Käfig, in dem Antonia, Don Luis und ich saßen.

Rasuls Gesicht war blutverschmiert und voller Quetschungen und Wunden, und seine Atmung war so flach, dass ich sie kaum wahrnahm. Ich rief ihn mehrfach bei seinem Namen, aber er kam nicht wieder zu sich, und ich fühlte mich so schuldig, so traurig und so hilflos, dass ich mich nicht mehr beherrschen konnte und anfing zu weinen.

Den Rest des Tages verbrachten El Poiras Männer damit, ähnliche Bambuskäfige zu bauen wie der, in dem wir eingesperrt waren. Offensichtlich wollten sie am nächsten Tag in der Umgebung »auf die Jagd gehen« und brauchten diese Käfige, um die Indios – zukünftige Sklaven –, die sie fangen würden, darin unterzubringen. Ich bemerkte, dass Blasco Luján seine beiden Revolver durch Ali Akbars moderne automatische ersetzt hatte, und das deprimierte mich zutiefst.

Don Luis verharrte in Schweigen, anscheinend in sein Schicksal ergeben, eine Haltung, die sich sehr von der Antonias unterschied, die mich unablässig beschuldigte, Welser Guevaras Karte ausgehändigt zu haben. Ich hatte ihre Schimpftirade gründlich satt und wünschte sie so entschieden zur Hölle, dass sie, oh Wunder, den Mund hielt. Rasul war noch immer ohne Bewusstsein.

Die Nacht brach herein. El Poiras Gefolgsleute aßen zu Abend (wir nicht), entkorkten ein paar Flaschen Rum und betranken sich. Danach schliefen sie wie die Klötze, aber nicht ohne zuvor einen Mann zu bestimmen, der als Erster Wache schieben sollte, ein finsterer Kerl, der uns wilde Blicke zuwarf, während er an einer Zigarette zog.

Kurz darauf füllte sich das Lager mit Schnarchgeräuschen. Mir gelang es jedoch nicht einzuschlafen – versucht das mal mit auf den Rücken gefesselten Händen – und ich rutschte ständig hin und her. Da fiel mir auf, dass Ali Akbar die Augen geöffnet hatte.

»Rasul!«, rief ich aus.

»Psst!«, zischte er und fügte leise hinzu: »Dreh dich um, Jaime. Ich werde versuchen deine Fesseln zu lösen. Danach befreist du mich.«

Ich tat, was er mir befahl, und gleich darauf spürte ich, wie sich Rasuls Finger unauffällig an meinen Fesseln zu schaffen machten. Aber irgendeine verdächtige Bewegung mussten wir doch gemacht haben, denn der Kerl, der Wache hielt, näherte sich mit großen Schritten unserem Käfig.

»Was ist da los, zum Teufel?«, murmelte er, dann griff er nach seinem Gewehr, das er über der Schulter trug, und fügte hinzu: »Soll ich euch eure Fluchtgelüste mit Kolbenschlägen austreiben?«

Da geschah etwas Erstaunliches. Zuerst hörten wir ein seltsames Geräusch, ähnlich wie es das Sausen eines sehr schnell wirbelnden Seils oder eines Stocks verursacht. Der Wächter drehte den Kopf nach links, öffnete den Mund um etwas zu sagen ... und plötzlich erstarb das Sausen und ein Stein von der Größe einer Apfelsine flog jäh durch die Luft, zerschellte am Kopf des Wächters und warf ihn bewusstlos zu Boden.

Einige Sekunden lang geschah weiter nichts. Dann

tauchte ein Mann aus dem Schatten auf. In der Hand trug er eine Schleuder aus Leder und sein Gesicht war mit einem großen Tuch bedeckt, was im Zusammenspiel mit der herrschenden Dunkelheit seine Gesichtszüge vollständig verbarg. Trotzdem konnte ich dank des schwachen Scheins des Lagerfeuers die Augenklappe erkennen, die sein linkes Auge bedeckte, und erneut hatte ich das Gefühl, die Erde würde mich verschlucken, denn bei diesem Kerl handelte es sich um Einauge, den geheimnisvollen einäugigen Mörder, der hinter mir her war.

Allerdings benahm sich dieser Unbekannte – in Anbetracht der Tatsache, dass es sich um einen Piraten handelte, sehr seltsam. Er bewegte sich leise, um El Poiras Männer nicht zu wecken, knebelte den ohnmächtigen Wächter und band ihn mit der Steinschleuder an Händen und Füßen. Dann öffnete er die Käfigtür, zog ein Messer aus dem Gürtel und machte sich daran, unsere Fesseln zu zerschneiden. Antonia, die unverständlicherweise eingeschlafen war, hätte fast geschrien, als der Fremde sie weckte, aber der Einäugige legte ihr eine Hand auf den Mund und einen Finger an die Stelle, an der sich seine Lippen unter dem Tuch befanden. Nachdem er uns befreit hatte, gab er uns mit Hilfe von Zeichen zu verstehen, dass wir ihm folgen sollten, was Rasul, Antonia, Don Luis und ich auch schleunigst taten.

Dann entfernten wir uns in höchster Eile aus dem Lager und gingen hinter dem geheimnisvollen Unbekannten her durch den Urwald, bis wir zehn Minuten später eine Stelle erreichten, an der ein Pferd und ein Maultier festgebunden standen. Der Einäugige nahm die Zügel beider Tiere und erneut machte er uns mit Zeichen klar, dass wir ihm folgen sollten. Aber Rasul schüttelte den Kopf.

»Ich muss noch etwas erledigen«, sagte er in so eisigem Ton, dass es einem kalt den Rücken hinunterlief; er wies auf einen nahe gelegenen Hügel und fügte hinzu: »Wartet dort. Wenn ich nicht innerhalb einer Stunde zurück bin, geht ohne mich.«

Ich schrie ihn an, er sei verrückt, sie würden ihn töten, aber ohne meine Proteste zu beachten, drehte sich Rasul um, verschwand zwischen dem Laubwerk und machte sich auf den Weg zurück in El Poiras Lager. Ich war drauf und dran, ihm zu folgen, aber das verhinderte der Einäugige, indem er mich am Arm fasste und mich in Richtung des Hügels zog. Fünfzehn Minuten später, als wir den Gipfel des kleinen Bergrückens erreicht hatten, blieb Einauge stehen und drehte sich zu uns um. »Wer sind Sie?«, fragte ich ihn. »Weshalb haben Sie uns geholfen?«

Als einzige Antwort zog Einauge das Tuch von seinem Gesicht, sodass der schwache Schimmer der Sterne sein Antlitz beleuchtete. Den Mund vor Staunen weit offen, rief ich aus: »Vater!«

Jener einäugige Pirat, den ich für einen Mörder gehalten hatte, war in Wirklichkeit Fernando Mercader, der Urheber meines Daseins.

Das war das merkwürdigste und verwirrendste Ereignis meines Lebens. Drei Jahre lang war ich davon überzeugt gewesen, dass mein Vater bei dem Schiffbruch der *Covadonga* ums Leben gekommen war. Die plötzliche Begegnung mit ihm, dort, mitten im tiefsten kolumbianischen Urwald, rief daher eine so überwältigende Rührung in mir hervor, dass ich sprachlos war. Ich starrte meinen Vater verdutzt an und stammelte irgendetwas Sinnloses.

Er lächelte und sagte: »Hallo, Jaime.«

Da umarmte ich ihn und brach vor Freude in Tränen aus, völlig verwirrt und glücklich zugleich. Don Luis beobachtete uns gleichgültig, als wäre er so an die Verrücktheiten der Europäer gewöhnt, dass ihn nichts mehr wunderte. Antonia verhielt sich ruhig. Sie wünschte sich einzugreifen, wagte aber nicht es zu tun.

Schließlich löste ich mich von meinem Vater und ließ allen Fragen freien Lauf, die sich mir auf die Lippen drängten. Wie kam es, dass er am Leben war? Weshalb hatte er keinen Kontakt zu mir aufgenommen? Was machte er hier? Er hörte mir zu und drehte sich gelassen eine Zigarette, entzündete sie mit einem Streichholz, nahm einen langen Zug und begann dann zu erzählen.

Seinem Bericht zufolge war es ihm gelungen, die *Covadonga* zu verlassen, bevor sie sank, aber er schaffte es nicht, den Strand zu erreichen. Stattdessen riss ihn die Strömung aufs offene Meer hinaus, bis er die Küste aus den Augen verlor. Er überlebte das Unwetter, indem er sich verzweifelt an einem Rettungsring festklammerte, und als sich der Sturm gelegt hatte, trieb er noch einen ganzen Tag im Wasser umher und wusste nicht, was ihn zuerst umbringen würde, die Sonne, der Durst oder die Haie.

Als sich mein Vater schon tot glaubte, erschien ein Schiff am Horizont. Leider handelte es sich um die *Alcotán*, das

Schiff John Rackhams, des letzten Piraten der Karibik. So kam mein Vater vom Regen in die Traufe. Unter anderen Umständen hätte ihn Rackham im Meer sterben lassen, aber er hatte kürzlich einen seiner Männer verloren und beschloss kurzerhand meinen Vater zu retten, um aus ihm ein weiteres Besatzungsmitglied zu machen.

»Ich sah mich gezwungen, ein langes Jahr der Piraterie zu widmen«, fuhr mein Vater fort. »Obwohl ich sein Gefangener war, gewann ich nach und nach Rackhams Vertrauen. Ich will nicht behaupten, wir seien gute Freunde geworden, aber wenigstens ließ er sich dazu herab, mich anzusehen, wenn er mit mir sprach.« Er nahm einen letzten Zug und warf die Kippe auf den Boden. »Ich hatte beobachtet, dass Rackham sehr gerne Karten spielte, besonders Rommee, sodass ich ihm eines Tages vorschlug, eine Partie zu spielen. ›Und was ist dein Wetteinsatz?‹, fragte er. ›Mein linkes Auge‹, gab ich zur Antwort. ›Gegen den Schiffsanker.‹ Rackham fand das sehr vergnüglich, wir spielten also und ... Kurz und gut, ich hatte eine Pechsträhne und verlor. Da fesselten sie mich an den Hauptmast, nahmen ein glühendes Eisen und ...«

Ohne den Satz zu beenden, zeigte mein Vater auf die Augenklappe, die das Auge bedeckte. Ich schauderte und bat ihn mir die Einzelheiten zu ersparen.

»Als die Wunde vernarbt war«, fuhr er fort, »wurde ich wieder bei Rackham vorstellig und sagte: ›Ich setze mein rechtes Auge gegen den Schiffsanker.‹ Der Pirat stimmte sofort zu. Die Möglichkeit mich erblinden zu lassen, gefiel ihm. Aber diesmal gewann ich. Am nächsten Tag spielten wir erneut: der Anker, der inzwischen mir gehörte, gegen den Hauptmast. Wieder gewann ich. Und so ging es Tag um Tag, wir spielten um Schiffsteile, den Fockmast, die Spanten, den Bugspriet, den Kielraum und das Steuer, bis Rackham eines Tages, siebzehn Monate später, erkannte, dass ich das gesamte Schiff gewonnen hatte. Die *Alcotán* gehörte mir. Was ihm zwei Möglichkeiten eröffnete: Entweder konnte er sich wie ein Ehrenmann verhalten und mir das Schiff übergeben, oder er konnte die Angelegenheit beilegen, indem er mir die Kehle durchschnitt. Da ich nicht den geringsten Zweifel hegte, wie seine Entscheidung ausfallen würde, beeilte ich mich, ihm eine dritte Möglichkeit anzubieten. Wir würden ein letztes Mal spielen: Wenn er gewinnen würde, könnte er sein Schiff behalten und ich bliebe weiterhin sein Gefangener; wenn ich der Gewinner wäre, würde er mich freilassen, aber er würde ebenfalls die *Alcotán* zurückgewinnen. Da er nichts zu verlieren hatte, stimmte Rackham zu und ich gewann – nicht nur die Partie, sondern auch meine Freiheit. Vor ein paar Monaten ging ich also endlich in Barranquilla an Land und machte mich auf die Suche nach dir, Jaime.« Er runzelte die Stirn. »Caridad Santos erzählte mir von dem gefälschten Roulette und von dem Zwischenfall, den dein Freund, der Araber, provoziert hatte, aber davon sprechen wir noch. Jedenfalls erfuhr ich, mein Junge, dass du in Cartagena lebst, und suchte dich zu Hause auf. Aber du machtest dich schnellstens davon. Und anschließend ranntest du immer weiter, von einem Ende Kolumbiens zum anderen, verfolgt von Tobias Welser, und ich immer hinter dir her im Versuch dich einzuholen, bis dich El Poira gefangen nahm. Den Rest kennst du ja schon. Was ich nicht verstehe, ist, warum du dich so plagst. Auf was für einen Irrsinn hast du dich da eingelassen, mein Sohn?«

Stolz erzählte ich ihm die Geschichte von Tadeo Guevara, von Don Íñigo de Saavedra und von dem Kreuz von Eldorado. Ich berichtete ihm von der Bibel mit den verschlüsselten Nachrichten und der Landkarte an der Wand und davon, wie wir eine Expedition organisiert hatten, um das Kreuz zu finden. Als ich geendet hatte, betrachtete mich mein Vater einige Sekunden lang mit einer gewissen Missbilligung, weit davon entfernt, mir zu meinem Wagemut zu gratulieren. Er setzte gerade zu einem Kommentar an, als Antonia ihn unterbrach und sagte: »Es tut mir ja Leid, dass ich mich in eine so aufregende Begegnung einmische, aber die Stunde ist um und Ali Akbar ist noch nicht zurückgekehrt. Ich glaube, dass wir so bald wie möglich aufbrechen sollten ...«

Genau in diesem Moment tauchte Ali Akbar aus der Dunkelheit der Nacht auf. Er hatte unsere Pferde und unsere Maultiere bei sich und sein Hemd war mit Blut getränkt, das diesmal nicht von ihm stammte.

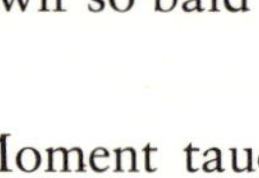

Der zunehmende Mond stieg über dem Horizont auf und beleuchtete mit seinem fahlen Licht das grüne Antlitz des Urwalds. Als Ali Akbar auf unserer Höhe angelangt war, sprang er vom Pferd und ging zu meinem Vater.

»Danke«, sagte er zu ihm. »Ich stehe in Ihrer Schuld.« Er starrte ihm ins Gesicht und fügte hinzu: »Kennen wir uns?«

»Das ist mein Vater, Rasul«, trat ich dazwischen.

Als wäre die plötzliche Auferstehung meines totgeglaubten Erzeugers die natürlichste Sache der Welt, sah Rasul ihn ausdruckslos an und sagte: »Ihr Sohn steckt unablässig in Schwierigkeiten, Señor Mercader. Sie sollten mehr auf seine Erziehung achten.«

»Sie haben vollkommen Recht, Señor Akbar«, stimmte mein Vater mit einem Nicken zu. »Ich glaube, ich habe meine väterlichen Pflichten vernachlässigt.«

Unter den gegebenen Umständen schien mir dieses freundschaftliche Geplänkel über meine Erziehung völlig absurd, daher baute ich mich vor Rasul auf und fragte ihn: »Nun gut, was zum Teufel ist geschehen? Wo bist du gewesen? Was hast du gemacht?«

Statt zu antworten ließ Rasul seinen Blick zum dunklen Horizont schweifen. Da wurde mir bewusst, dass er seine beiden Mauser am Gürtel trug. Aber diese Pistolen hatte ihm El Poira abgenommen, was bedeutete, dass ...

»Hast du Blasco Luján umgebracht?«, fragte ich.

Rasul blieb stumm, den Blick in der Ferne verloren. Ich wandte die Augen der Stelle zu, die mein Freund betrachtete, und sah, wie weit entfernt eine Feuersäule über dem Urwald aufzusteigen begann.

»Hast du das Lager angezündet?«

Rasul schwieg beharrlich, aber diesmal hefteten sich seine Augen auf mich und sein brennender Blick sagte mir, dass weder Blasco Luján alias El Poira noch irgendjemand seiner Gefolgsleute jemals wieder Menschen jagen würde, um sie zu Sklaven zu machen.

»Meine Herren«, mischte sich Antonia ein. »Wir müssen gehen. Es ist ein weiter Weg bis Cartagena.«

»Wieso Cartagena?«, fragte ich. »Wir werden nicht umkehren. Wir müssen das Kreuz finden!«

»Du hast Welser die Karte gegeben, du verfluchter Verräter!«, antwortete sie. »Er wird derjenige sein, der das Kreuz findet!«

»Keine Rede davon«, erwiderte ich triumphierend. »Die Karte, die Welser bei sich trägt, ist falsch.«

»Aber wenn ich sie doch selbst abgezeichnet habe ...«

»Du hast einen Teil kopiert, aber den letzten Abschnitt von Guevaras Karte löschte ich mit meinen Hammerschlägen aus, bevor du ihn sehen konntest, erinnerst du dich? Daher machte ich dir die letzten Angaben, wie man zum Kreuz gelangt, mündlich.« Ich zuckte mit den Schultern. »Und ich habe gelogen.«

Antonia riss die Augen auf und stemmte die Hände in die Seiten.

»Du hast mich belogen? Du bist ...«

»Das war nicht recht, ich gebe es zu«, versuchte ich sie zu beschwichtigen. »Aber die Hauptsache ist doch, dass Welser das Kreuz genau in der entgegengesetzten Richtung der Stelle sucht, wo es sich in Wirklichkeit befindet. Wir können vor ihm dort sein!«

Antonia brummelte ein bisschen und lächelte dann.

»Einverstanden«, sagte sie. »Auf zum Kreuz von Eldorado!«

Mein Vater schwieg, als wäre er Zuschauer eines Schauspiels, dessen Handlung ihn nicht überzeugte. Aber Rasul zeigte sich zu meinem Erstaunen einverstanden.

»Warum nicht?«, murmelte er. »Nehmen wir Welser sein kostbares Kreuz ab.«

Danach tat er etwas sehr Merkwürdiges. Er richtete den Blick wieder auf das ferne Feuer ... und begann zu tanzen.

Es dauerte nur wenige Sekunden, aber niemals werde ich die Nacht vergessen, in der Rasul Ali Akbar die stummen Schritte eines Kriegstanzes ausführte, die mich dort, mitten in einem tropischen Urwald, an den sengenden Sand orientalischer Wüsten erinnerten.

Kurzum, meine Freunde, es war eine Sache vorzuschlagen, sich auf die Suche nach dem Kreuz zu machen, und eine ganz andere, sie in die Tat umzusetzen. Denn auch wenn ich Guevaras Landkarte im Kopf bei mir trug, war doch offensichtlich, dass wir nicht wussten, wo wir uns befanden. Also begannen wir darüber zu streiten, welches der Weg sei, den wir einschlagen mussten.

Da sagte Don Luis: »Wohin wollen Sie denn?«

Wir drehten uns zu ihm um und sahen ihn überrascht an. Er war so diskret und leise, dass uns vollkommen entfallen war, dass wir ja einen Führer hatten.

»In ein Dorf namens Uiraracu«, antwortete ich.

Don Luis nickte mit dem Kopf.

»Folgen Sie mir!«, sagte er.

Trotz der Dunkelheit bewegte sich Don Luis im Urwald, als befände er sich im Hof seines Hauses. Nachdem wir eine gute Weile geritten waren, stießen wir auf einen Pfad, der nach Südwesten führte. Anderthalb Stunden später erreichten wir ein Gebiet voller Ruinen, die von Pflanzen überwuchert waren. Riesige Skulpturen erhoben sich dort, uralte Steinfiguren, die unheimliche Tiere und ausdruckslose menschliche Gesichter darstellten. Von ihren steinernen Augen eingeschüchtert, die mich aus einer längst verflossenen Vergangenheit anschauten, verstand ich, weshalb man diesen Ort Statuenwald nannte.

Kurz darauf kamen wir an einer Skulptur in Form eines Uhus vorbei (der Uhu! Das war eines der Kennzeichen von Guevaras Karte, erinnert ihr euch?). Don Luis bog nach Westen ab und folgte einem Bachlauf. Je weiter wir in dieser Richtung vorangingen, desto steiler wurde das zuvor fast ebene Gelände. Während unseres Aufstiegs wurde die Luft frischer und die Vegetation spärlicher. Schließlich erreichten wir den Fuß einer erhabenen Bergkette und dort hielt unser Führer an.

»Es ist gefährlich, nachts in die Berge zu steigen«, sagte er. »Lasst uns hier rasten.«

Ich war so erschöpft, dass ich mich auf den Boden fallen ließ und augenblicklich einschlief. Aber die Ruhepause schien kaum eine Sekunde zu dauern, denn nach kürzester Zeit bemerkte ich ein paar Schläge auf meinen Arm, öffnete die Augen und stellte erstaunt fest, dass es bereits Tag geworden war und dass Antonia neben mir saß und mich schüttelte.

»Aufwachen, Faulpelz«, sagte sie mit einem abscheulichen Lächeln. »Wir gehen.«

Ich richtete mich mühsam auf, bestieg mechanisch mein Pferd und wir begannen den Aufstieg in die Berge. Dabei folgten wir einem höllischen Pfad, so steil und gewunden wie die Seele eines Halsabschneiders. Bald ließen wir den Urwald hinter uns und drangen in holpriges Gelände vor, das direkt in den Fels gemeißelt zu sein schien. Oft wurde der Aufstieg so beschwerlich, dass wir uns gezwungen sahen abzusitzen und an schmalen Simsen entlangzugehen, die über dem Nichts schwebten. Unsere verschreckten Pferde zogen wir an den Zügeln hinter uns her. Eines der Maultiere verlor den Halt und stürzte ab. Es tat mir Leid um das arme Wesen, aber ich war froh, dass es das Tier erwischt hatte und nicht mich.

Nach vierstündigem Aufstieg erreichten wir eine kleine unfruchtbare und trockene Hochebene, in deren Mitte sich ein kleiner Hügel von seltsam gleichmäßiger Form erhob. Es dauerte eine Weile, bis ich begriff, dass es sich nicht um einen Hügel handelte, sondern um einen von Menschenhand geschaffenen Bau, eine verstümmelte Pyramide, so alt und verwittert, dass sie fast nicht mehr als solche zu erkennen war.

»Wenn ich mich recht erinnere«, sagte Antonia, »müssen wir jetzt nach Süden abbiegen und weiterreiten, bis man einen kleinen Wasserfall findet.«

Ich lächelte schief.

»Genau das dürfte Tobias Welser gerade tun. Aber er irrt sich und du ebenfalls. Wir müssen nicht nach Süden, sondern nach Norden abbiegen, und das, was wir finden müssen, ist ein Steinbogen.«

Zufrieden nahm ich eine aufrechte Haltung auf meinem Pferd ein, lächelte meinen Vater zuversichtlich an und zwinkerte Rasul zu. Unter der Führung von Don Luis ließen wir dann die geheimnisvolle Pyramide hinter uns, die von einer längst untergegangenen Zivilisation errichtet worden war, und drangen immer tiefer in jene unbewohnten Berge vor, in deren Schoß sich der sagenhafte Schatz von Saavedra befand.

Auf Grund der Höhe, in der wir uns jetzt befanden – fast dreitausend Meter über dem Tal des Magdalena –, war die Luft so dünn geworden, dass uns die geringste Anstrengung ins Schnaufen brachte und das Luftholen zu einem schmerzhaften Keuchen wurde.

Wir durchquerten Bergschluchten und Steinbrüche, sprangen über riesige Spalten, wichen Überhängen aus und balancierten über bodenlose Abgründe. Am späten Nachmittag schließlich, nachdem wir gerade um eine Wegkehre gebogen waren, blieb Don Luis stehen und sagte kurz angebunden: »Uiraracu.«

Ich hob müde den Blick und sah vor mir, kaum achthundert Meter entfernt, ein kleines Dorf, das aus etwa zwanzig Steinhütten mit Strohdächern bestand. Direkt hinter dem Ort ragte eine doppelte Bergspitze auf, deren Gipfel durch einen stilisierten natürlichen Felsbogen verbunden waren. Ein einsamer riesiger Kondor zog seine Kreise am Himmel.

Ich stieß die Luft aus. Ich war angekommen. Ich hatte es geschafft. Das war das Ende von Guevaras Weg, das Kreuzchen, das die Stelle markierte, an der der Schatz vergraben war.

»Der Steinbogen«, sagte ich ungläubig. »Wir sind da.«

»Uiraracu bedeutet ›Großer Bogen‹«, bestätigte Don Luis.

Dann ging er auf die Häuser zu und wir folgten ihm schweigend – verwundert und überrascht, dass wir fast vierhundert Jahre später denselben Boden betraten, über den Don Íñigo de Saavedra und seine Männer gegangen waren, dort, wo sie das Ende ihrer unglückseligen Expedition ereilt hatte. Zumindest ich fühlte mich irgendwie verzaubert, denn damals war ich jung, unbesonnen und romantisch.

Wir ließen die Pferde am Eingang des Dorfes zurück, das völlig verlassen wirkte, und betraten die staubigen Gässchen. Ein paar Ziegen, die in einem kleinen Gehege eingesperrt waren, empfingen uns meckernd. Don Luis trat ein paar Schritte vor, hob die Stimme und rief etwas in einer uns unverständlichen Sprache.

Nach wenigen Sekunden kamen die Bewohner – anfangs noch schüchtern – aus ihren Hütten. Es waren vierzig oder fünfzig Indios: Männer, Frauen, Greise und Kinder, alle mit bescheidenem Tuch aus weißer gesteppter Wolle bedeckt und genauso gekleidet wie Don Luis. Die Dorfbewohner schienen sich sehr zu freuen, unseren Führer zu treffen, und begrüßten ihn lächelnd unter Umarmungen, als wäre er ein alter Freund, den sie lange Zeit nicht gesehen hatten.

»Kennen diese Leute Sie, Don Luis?«, fragte ich.

Der Indio bejahte. »Ich bin hier geboren. Das sind meine Nachbarn und meine Familie.«

»Sie sind hier geboren?«, wiederholte ich verblüfft. »Und weshalb haben Sie uns das nicht gesagt?«

»Es hat mich niemand danach gefragt.« Don Luis überflog unsere Gesichter mit seinem ausdruckslosen Blick und fügte hinzu: »Sie sind auf der Suche nach dem Kreuz von Eldorado hierher gekommen.«

Es war keine Frage, sondern eine Feststellung. Trotzdem erwiderte ich: »Nun ... so könnte man es nennen.«

Don Luis wandte sich dem oberen Dorfteil zu.

»Folgen Sie mir«, sagte er. »Ich werde Sie zum Kreuz führen.«

NEUNTES KAPITEL

In dem wir zwei Gräber, ein altes Skelett und schließlich das mythische Kreuz von Eldorado finden

Nach so viel Unbill war es kaum zu glauben, dass sich das Ende unserer Reise so einfach gestalten sollte. *Sie möchten das Kreuz haben? Kein Problem. Nehmen Sie es gleich so mit oder soll ich es Ihnen einpacken?* Aber so standen die Dinge und ich wäre gewiss der Letzte gewesen, der sich darüber beschwert hätte.

Wir folgten Don Luis in erwartungsvollem Schweigen. Neben unserem Führer gingen sechs Bewohner Uiraracus wie ein improvisiertes Empfangskomitee. Wir ließen die letzten Häuser hinter uns und legten die knapp einhundert Meter zurück, die uns vom Dorffriedhof trennten. Der Friedhof war klein und von einem schlichten Zaun umgeben. Innerhalb der Einfriedung waren Gräber aus verschiedenen Jahrzehnten zu sehen. Alle waren mit Holzkreuzen gekennzeichnet, aber keines hatte einen Grabstein. Don Luis betrat den Friedhof und blieb vor zwei Gräbern stehen, die etwas abseits von den anderen lagen.

»Vor vielen Jahren«, sagte er zu uns, »kamen drei weiße

Männer hierher, die ebenfalls das Kreuz von Eldorado suchten. Einer der Männer wurde verrückt und tötete seine beiden Kameraden. Dann begrub er sie. Das hier sind ihre Gräber.«

Ich betrachtete neugierig die beiden Grabstätten, auf die unser Führer wies, und bemerkte, dass jedes der beiden Kreuze einen eingeritzten Namen trug: Augustín Espejo und Tomás López. Das waren die beiden anderen Mitglieder der Expedition Guevaras! Also hatte der alte Tadeo sie umgebracht ... Aber weshalb?

»Warum hat er das getan, Don Luis?«, fragte ich. »Weshalb brachte dieser Mann seine beiden Kameraden um?«

»Er tötete auch viele von uns«, antwortete er. »Ich war damals noch ein Kind, aber ich erinnere mich sehr gut an seine Besessenheit.«

»Ja, das verstehe ich. Aber was ließ ihn verrückt werden?«

Es dauerte ein paar Sekunden, bevor Don Luis antwortete.

»Das Kreuz«, sagte er schließlich. »Er verlor den Verstand, als er das Kreuz erblickte.«

»Wo wir gerade davon sprechen«, mischte sich Antonia ungeduldig ein. »Wo ist das Kreuz?«

Die sieben Indios tauschten untereinander Blicke aus und ohne den Mund aufzumachen, verließen sie gemeinsam den Friedhof und folgten einem Pfad, der auf den linken Gipfel der doppelten Bergspitze zulief. Wir gingen hinter ihnen her und wenig später erreichten wir den Eingang einer Grotte, die sich genau am Fuß des Felsens befand. Die

Höhle maß etwa drei Meter in der Höhe und zwei in der Breite und auf Grund der Dunkelheit, die in ihrem Inneren herrschte, war es unmöglich, ihre Tiefe zu schätzen. Zwei Fackeln lehnten am Eingang gegen den Fels. Während er sie entzündete, sagte Don Luis: »Das ist die Höhle des Spaniers.«

Er gab meinem Vater eine der beiden Fackeln, hielt die andere hoch über den Kopf und betrat die Grotte. Wir folgten ihm. Der flackernde Schein der Fackeln offenbarte, dass die Höhlenwände mit Malereien bedeckt waren, die vermutlich so alt waren wie die Ruinen, denen wir auf dem Weg begegnet waren.

Der schmale Gang, durch den wir uns vorwärts bewegten, führte etwa zwanzig Meter in den Berg hinein und mündete dann in einen viel größeren Raum. Darauf ließ zumindest das Echo schließen, das unsere Schritte hervorriefen. Don Luis blieb stehen und senkte die Fackel, um etwas zu beleuchten, was sich seitlich von ihm befand.

»Der Spanier«, sagte er.

Auf einer natürlichen Lagerstatt aus Fels ruhte ein uraltes Skelett, das einen Helm trug, einen stählernen Panzer, von Motten zerfressene Beinkleider aus Baumwolle, abgetragene Strumpfhosen und ein paar ausgedörrte Lederstiefel, die aussahen, als würden sie jeden Moment zu Staub zerfallen. In dem, was mal seine Hände gewesen waren, hielt das Skelett ein rostiges Schwert.

»Da sind Initialen«, flüsterte mein Vater, als er den Griff der Waffe untersuchte. »Ein I und ein S.«

Wir sprachen leise, als befänden wir uns in einer Kirche.

Antonia betrachtete die schwarzen Höhlungen des Totenkopfes. »Das ist Don Íñigo de Saavedra, mein Vorfahre ...«

»Ach, hör doch auf!«, erwiderte ich. »An einem Tag heißt du Guevara, am nächsten Rodríguez und am folgenden Saavedra. Wie wirst du dich morgen nennen? Kleopatra?«

Antonia warf mir einen verächtlichen Blick zu, aber sie schien nicht dazu aufgelegt, einen Streit vom Zaun zu brechen, denn sie wandte sich mit schlecht verhohlener Ungeduld an Don Luis und fragte ihn: »Und das Kreuz?«

Don Luis ging weiter in die Höhle hinein. Er schwang sich behände auf einen kleinen steinernen Grabhügel, blieb darauf stehen und streckte die Hand aus, in der er die Fackel trug. Im nächsten Augenblick beleuchtete das rötliche Licht der Flamme das mythische Kreuz. Da war es, vom Fels umschlossen, und seine Maße waren genau so, wie Pater Buenaventura sie beschrieben hatte: zwei Meter hoch und anderthalb Meter breit. Aber das Kreuz war nicht aus Gold, sondern aus Holz, und kein einziger Smaragd zierte es.

Das legendäre Kreuz von Eldorado bestand lediglich aus zwei alten übereinander genagelten Brettern.

»Das kann nicht sein ...«, murmelte Antonia niedergeschmettert.

»A-a-aber ...«, stammelte ich ebenso sprachlos. »Und das Gold und die Juwelen?«

»Die gibt es nicht«, antwortete Don Luis. »Es hat sie nie gegeben.«

Antonia schien sich am Rande einer Ohnmacht zu befinden.

»Das kann nicht sein«, beharrte sie mit bebender Stimme. »Oñates Bericht sprach von einem Schatz ... Es muss irgendwo ein anderes Kreuz geben ...«

Don Luis stieg langsam von dem felsigen Grabhügel und kam zu uns zurück.

»Es gibt kein anderes. Dies ist das einzige Kreuz von Eldorado. Ein spanischer Krieger brachte es vor vielen Jahrhunderten mit, als er in diese Gegend kam um zu sterben, und seitdem steht es hier.«

»Aber was ist mit dem Gold und den Edelsteinen?«, wiederholte ich, da ich gar nicht glauben konnte, was hier geschah.

»Lügen«, erwiderte Don Luis. »Legenden.«

Antonia brachte ein Stöhnen hervor, sank auf die Knie, verbarg das Gesicht in den Händen und zum ersten Mal, seit ich sie kannte, brach sie in Tränen aus. Auch ich fühlte mich grauenhaft. Ich hatte das ganze verflixte Land durchquert, hatte mein Vermögen und mein Leben aufs Spiel gesetzt und das alles, um ein erbärmliches Holzkreuz zu finden. Ich lehnte mich an einen Stein, zu keinerlei Reaktion fähig. Aus den Augenwinkeln sah ich, dass mein Vater auf den steinernen Grabhügel kletterte und die Hölzer des Kreuzes untersuchte. Eine Minute später, nachdem er kurz die Stirn gerunzelt hatte, stieg er wieder vom Hügel hinunter, kam zu mir und legte mir eine Hand auf die Schulter.

»Mach dir keine Gedanken, Jaime. Mal gewinnt man, mal verliert man.«

Diesmal hatte ich wohl verloren, dachte ich missmutig. Außerdem war ich müde, niedergeschlagen und ruiniert. Kurzum – ich war auf der ganzen Linie gescheitert und hatte mehr als einen Grund mir Gedanken zu machen.

»Gut, das hat sich also erledigt«, murmelte Antonia und richtete sich auf, während sie ihre Tränen mit einem Taschentuch trocknete. »Lasst uns von hier verschwinden.«

»Von hier verschwindet niemand«, sagte unerwartet eine Stimme hinter uns.

Wir wandten alle gleichzeitig den Kopf und sahen Tobias Welser und zehn seiner Banditen am Höhleneingang stehen. Sie hielten ihre Waffen direkt auf uns gerichtet.

»Ihr habt es also geschafft, El Poira zu entkommen?«, sagte Tobias Welser und trat mit einem Revolver in der Linken auf uns zu. »So ein Dummkopf, dieser verfluchte Luján!« Er baute sich vor mir auf. »Du hast mir eine falsche Karte gegeben, stimmt's, Junge? Wir fanden weder einen Wasserfall, noch irgendein Dorf namens Meta. Daher kehrten wir um, und was wir dann sehr wohl fanden, waren eure Spuren. Wir folgten ihnen und hier sind wir.« Völlig unvermittelt verpasste er mir eine brutale Ohrfeige und fügte brüllend hinzu: »Niemand macht sich über mich lustig, ist das klar? Niemand!«

»Lass den Jungen in Ruhe!«, rief mein Vater und stürzte

sich auf Welser, hielt aber schlagartig inne, als er sah, dass dieser ihm zwischen die Augenbrauen zielte.

»Wer bist du denn?«, fragte Welser neugierig.

»Der Vater des Jungen. Ich weiß ja, dass er ein bisschen leichtsinnig ist, aber das liegt am Alter und ...«

»Sein Vater?«, unterbrach ihn Welser. »Was soll das denn ...?« Plötzlich weiteten sich seine Augen, als ihm etwas einfiel. »Der Araber!«, rief er. »Wo ist der verdammte Araber?!«

Verwirrt wurde mir bewusst, dass ich Rasul schon eine ganze Weile nicht mehr gesehen hatte. Welser, sichtlich alarmiert, packte Antonia am Arm und presste ihr den Revolverlauf an den Kopf.

»Wo ist er?«, fragte er und spannte den Schlagbolzen. »Wo ist Akbar?«

Antonia wurde ein wenig blass, blieb aber standhaft.

»Ich weiß es nicht. Vor ein paar Minuten war er noch hier; dann habe ich ihn aus den Augen verloren.«

Welser stieß die junge Frau zur Seite und befahl seinen Männern Rasul zu suchen. Die zehn Banditen machten sich daran, die Höhle von oben bis unten zu durchkämmen.

»Hier ist niemand«, sagte kurz darauf einer von ihnen.

»Verflucht noch mal!«, murmelte Welser verdrossen; dann schluckte er seinen Ärger hinunter und zwang sich zu einem mürrischen Lächeln. »Macht nichts, er wird schon wieder auftauchen. Haltet die Augen offen.« Er wandte sich mir zu: »Nun gut, Junge, jetzt ist der Moment gekommen, um über unsere Angelegenheiten zu sprechen. Ist das die Stelle, an der sich das Kreuz von Eldorado befindet?«

»Ja«, erwiderte ich mit dünner Stimme.

»In dieser Höhle?«

Ich pflichtete ihm bei. Welser sah sich um und betrachtete mich dann mit hochgezogenen Augenbrauen.

»Hier habe ich lediglich das vergammelte Skelett von Saavedra gesehen. Aber nicht mein Kreuz. Wo ist es?«

Ich wusste, dass ihm die Antwort überhaupt nicht gefallen würde, und blieb daher stumm, als ob mir eine unsichtbare Hand die Kehle zudrückte. Glücklicherweise griff Don Luis ein.

»Es ist hier, Señor. Auf diesen Felsen.«

Welser sah in die Richtung, in die der Indio zeigte, nahm eine der Fackeln und mit großen Schritten bestieg er die kleine Anhöhe. Und dann, als die Flamme seiner Fackel das Holzkreuz beleuchtete, blieb er stehen, unbeweglich wie eine Statue und unfähig zu begreifen, was er da sah.

»Was zum Teufel ist das …?«

»Das Kreuz von Eldorado, Señor«, erwiderte Don Luis.

Wie eine Furie stürzte Welser den Grabhügel hinunter, kam auf Don Luis zu und packte ihn mit beiden Händen vorne am Wams.

»Mach dich nicht über mich lustig, Indio!«, fuhr er ihn derb an. »Das Kreuz, das ich suche, ist aus Gold und Edelsteinen!«

»Dieses Kreuz existiert nicht, Señor. Es ist eine Legende.«

»Du lügst!«, schrie Welser; mit blutunterlaufenen Augen näherte er dann die Flamme der Fackel dem Gesicht des Indios. »Ihr habt es versteckt, nicht wahr?«, flüsterte er.

»Wenn du mir nicht augenblicklich sagst, wo das Kreuz ist, versenge ich dir das Gesicht.«

Don Luis' Haare knisterten unter der Hitze der Flamme, aber der unerschütterliche Indio sah Welser fest an und sagte in gelassenem Ton: »Señor, glauben Sie, dass wir so leben würden, wie wir leben, wenn wir einen solch wertvollen Schatz hätten?«

Das war ein unwiderlegbares Argument. Welser betrachtete die abgetragene Kleidung von Don Luis und der übrigen Indios, die ihm das Elend jenes in den Bergen verlorenen Dörfchens deutlich vor Augen führte, und ihm wurde bewusst, dass das legendäre Kreuz von Eldorado nur ein Traum war, der sich wie alle Träume beim Erwachen verflüchtigt hatte. Dann gab er blind vor Wut und Enttäuschung Don Luis einen heftigen Stoß, schleuderte die Fackel zu Boden, hob die Fäuste und schrie seine Wut heraus. Anschließend ließ er den Kopf sinken, holte tief Luft und befahl: »Wir brechen auf, sobald es hell wird. Heute Nacht lagern wir im Dorf. Ich will, dass immer fünf Männer Wache schieben.«

»Was machen wir mit denen?«, fragte einer seiner Gefolgsleute und zeigte auf Antonia, meinen Vater und mich. »Töten wir sie?«

Welser schüttelte den Kopf.

»Nein. Solange sie leben, wird der Araber versuchen sie zu retten. Und dann schnappen wir ihn uns.«

Welsers Männer schlugen ihre Zelte außerhalb des Dorfes auf, schlachteten ein paar Ziegen (selbstverständlich ohne Erlaubnis des Besitzers) und hängten sie zum Braten über ein Lagerfeuer. Uns banden sie wieder einmal die Hände auf den Rücken und verbannten uns unter ständiger Bewachung in eine Ecke des Lagers.

Antonia schwieg mit verlorenem Blick, als interessierte sie nicht, was mit ihr geschehen könnte. Mein Vater versuchte uns Mut zu machen und erzählte sogar einige Witze, die mich nicht im Geringsten amüsierten, denn wenn ich ehrlich sein soll, war ich völlig erledigt. Innerhalb weniger Minuten hatte ich das Kreuz von Eldorado und meine Freiheit verloren und binnen kurzem würde ich vermutlich auch das Leben verlieren, es sei denn, Rasul würde uns vorher befreien. Das war meine letzte Hoffnung.

Später, als es Nacht wurde, brach über Uiraracu die Hölle herein. Welser hatte Whisky aus seiner Satteltasche geholt und trank schon eine ganze Weile direkt aus der Flasche. Er tat dies schweigend, aber mit offensichtlicher Begeisterung, denn als die Sonne hinter den Bergen verschwand, war die Flasche leer und er völlig betrunken.

Da trat eine India aus einer Hütte, um einen Korb Kartoffeln einzusammeln. Welser richtete sich taumelnd auf, näherte sich ihr, begann sie zu belästigen und schließlich versuchte er sie zu umarmen. Als er die Hilfeschreie seiner Tochter vernahm, kam der Vater des Mädchens aus der Hütte und stellte sich vor Welser. Der griff nach seinem Revolver und schoss aus nächster Nähe auf den Mann, der leblos zu Boden fiel.

Beunruhigt kamen die Dorfbewohner hinzu und Welser, der den Verstand verloren zu haben schien, begann auf sie zu schießen. Glücklicherweise war er so betrunken, dass es ihm nicht gelang, noch jemanden zu verwunden. Schließlich gesellten sich auch seine Gefolgsleute zu dem Chaos und schossen in die Luft, und die Indios verließen in wilder Hast das Dorf, auf der Flucht vor dem sicheren Tod.

Als der Ort menschenleer war, brach Welser in trockenes Gelächter aus, griff nach einer Fackel und begann an den Strohdächern der Hütten Feuer zu legen. Innerhalb weniger Minuten brannte das Dorf Uiraracu lichterloh und Welser, der sich gegen die Flammen abzeichnete, lachte ohne Unterlass wie ein blutrünstiger und grausamer Dämon.

Ich wandte den Blick ab und meine Augen füllten sich mit Tränen. Ich weinte untröstlich um mich, um jene armen Indios, um Antonia, meinen Vater und um all den Schmerz, den mein blinder Ehrgeiz unter so vielen Unschuldigen verursacht hatte. Und ich betete, dass Rasul wie ein Racheengel auftauchen würde, die fürchterlichen Mauserpistolen im Anschlag, dass er die Übeltäter bestrafen und uns befreien würde, und dass ...

Aber nein, in dieser Nacht kam Ali Akbar nicht.

Kurz nach Anbruch des folgenden Tages verließen wir die schwelenden Ruinen von Uiraracu, dessen Bewohner sich noch immer versteckt hielten, und machten uns auf den Rückweg ins Tal des Magdalena. War der Aufstieg in die

Berge schon schwierig und gefährlich gewesen, bedeutete der Abstieg mit auf den Rücken gefesselten Händen eine unmenschliche Prüfung. Mehr als einmal wäre ich um ein Haar abgestürzt, und wenn mir mein Vater keinen Mut zugesprochen und mich nicht unablässig angefeuert hätte weiterzugehen, dann hätte ich diese Tortur bestimmt nicht überstanden.

Als es Abend wurde, erreichten wir den Dschungel und drangen in den Statuenwald vor. Welsers Männer errichteten das Lager in der Nähe des Ortes, wo sich die präkolumbischen Ruinen befanden, und erneut stand ich jenen riesigen Figuren und ihren eiskalten Steinblicken gegenüber, die mir jetzt voller schwarzer Vorzeichen schienen.

Welser wurde immer nervöser und erschrak vor dem geringsten Geräusch, als fürchtete er, dass ihm eine wilde Bestie auflauerte. Aber nein, es war kein Raubtier, das ihm Angst einjagte, das war mir schon klar, sondern die ständige Bedrohung, die Ali Akbar für ihn bedeutete, der furchtbare arabische Krieger, die strafende Gerechtigkeit.

Dennoch – auch in dieser Nacht erschien Ali Akbar nicht.

Die Sonne ging über dem Horizont auf und sandte ihr goldenes Licht durch die riesigen Bäume des Urwalds, und erneut setzten wir uns in Bewegung. Welser und seine Männer waren zu Pferde, aber Antonia, mein Vater und ich folgten zu Fuß und im Gänsemarsch, wie Tiere mit einem Strick aneinander gebunden, und das, obwohl die Banditen unsere Reittiere in der Nachhut ohne Reiter oder Last mit sich führten. Offensichtlich wollten sie, dass wir liefen. Und ob wir liefen! Wie die Maultiere.

Stunden später, nachdem wir ohne Rast den Urwald durchquert hatten, wurde mir klar, dass ich noch nie so erschöpft gewesen war (ein Rekord, auf den ich natürlich gar nicht stolz war). Aber wenn ich schon schlecht dran war, war das noch gar nichts im Vergleich zu Antonia. Gegen Mittag fiel sie zu Boden, unfähig, auch nur noch einen einzigen Schritt weiter zu tun. Einer der Banditen sprang mit einem Satz von seinem Pferd und stieß sie grob mit dem Stiefelabsatz an.

»Stehen Sie auf«, grunzte er.

Antonia wimmerte leise und blieb mitten auf dem Pfad liegen.

Ohne sich die Mühe zu machen, auch nur den Kopf zu drehen, befahl Welser von seinem Pferd aus: »Wenn sie nicht aufsteht, verpasst ihr eine Kugel und lasst ihren Leichnam im Gestrüpp liegen. Wir haben es eilig.«

Der Bandit zog den Revolver und zielte auf Antonias Kopf.

»Sie haben es gehört, Señorita. Besser, Sie stehen auf.«

»Steh auf, Antonia!«, schrie ich. »Los, du schaffst es!«

Mit geschlossenen Augen schüttelte sie den Kopf.

»Ich kann nicht ...«

»Doch, du kannst!«, drängte ich. »Oder bist du etwa bloß eine schwächliche Frau, die nicht einmal die Hälfte eines Mannes wert ist? Ist es das?«

Antonia schlug plötzlich die Augen auf und sah mich wütend an.

»Verfluchtes Bürschchen!«, murmelte sie, während sie mühsam auf die Füße kam. »Ich werde dir zeigen, was eine Frau wert ist ...!«

Und sie setzte sich erneut in Bewegung.

Alle Achtung, dachte ich. Diese Frau hatte wirklich Kraft, daran bestand kein Zweifel. Aber was half es denn schon? Wir waren übel zugerichtet und völlig erschöpft, sogar mein Vater schlurfte schweigend vor sich hin und hatte keine Kraft mehr, uns mit seinem ewigen Optimismus Mut zuzusprechen. Ich wusste, dass Welser nicht zögern würde uns zu töten, sobald wir ihm zur Last würden. Unser Ende war also nah, es sei denn, es würde ein Wunder geschehen.

Zum Glück ließ das Wunder nicht lange auf sich warten.

Es geschah am Abend. Wir befanden uns in der Nähe der Stelle, wo der Urwald in die Abhänge überging, die ins Tal hinabführten. Das Gebiet, das wir durchquerten, war so dicht bewachsen, dass es für einen Reiter unmöglich wurde, voranzukommen. Daher waren Welser und seine Männer abgesessen und marschierten nun langsamer, wobei sie ihre Pferde am Zügel führten, was eine zeitweilige Erleichterung für Antonia, meinen Vater und mich bedeutete.

Nachdem ein ziemliches Stück des Weges quer durch Dornenbüsche, Schlingpflanzen und dichte Sträucher geführt hatte, mündete der Pfad auf eine weite Lichtung, die von riesigen Bäumen umstanden war. Und dort fing alles an. Vor uns hatten sich etwa dreißig Eingeborene versammelt und versperrten regungslos und schweigend den Weg, als hätten sie uns erwartet. Welser, der an der Spitze ging, hielt vor der Gruppe an.

»Geht aus dem Weg«, befahl er verächtlich.

Keiner der Indios bewegte sich.

»Seid ihr taub, ihr lächerlichen Wilden?«, brüllte Welser in dem Augenblick, als er seinen Revolver zog. »Ich habe gesagt, ihr sollt ...!«

Die Worte erstarben auf seinen Lippen. Denn in diesem Moment tauchten dutzende, hunderte, tausende von Indios auf. Sie erschienen auf jedem Pfad, jedem Steig, jeder Schneise, im Norden, im Süden, im Osten und im Westen. Es war eine unaufhaltsame menschliche Flut, eine riesige Menschenmasse, die sich um uns herum versammelte und einen dichten und unpassierbaren Kreis bildete.

Es waren alles Indios, bescheidene, ärmlich gekleidete Bauern. Niemand trug Feuerwaffen und nur wenige hatten Pfeil und Bogen. Die meisten schwangen Macheten, Hacken oder einfach Stöcke. Jeder für sich wirkte harmlos, aber alle zusammen stellten sie eine schreckliche Macht dar.

Welser und seine Männer griffen nach den Waffen und rückten von der Zahl ihrer Gegner eingeschüchtert zusammen, um eine Art Zapfen zu bilden, mit Gewehren und Revolvern gespickt. Keiner traute sich zu schießen, denn sie wussten, sobald sie das taten, würden sie ein Gemetzel entfesseln, in dem sie schlichtweg auf Grund des zahlenmäßigen Unterschieds den Kürzeren ziehen würden. Welsers

Augen blickten nervös umher und suchten vergeblich nach einem Fluchtweg.

Die Indios standen regungslos um uns herum, ohne etwas zu tun oder zu sagen, und zuckten noch nicht einmal mit einer Wimper. Tatsächlich ließ einem diese schweigende Menge die Haare zu Berge stehen. Da löste sich einer der Indios von den anderen und trat vor, bis er vor Welser stehen blieb. Es war Don Luis.

»Seit vielen Jahren«, sagte er in gelassenem Ton, »haben deine Gefolgsleute mein Volk zu Sklaven gemacht, Tobias Welser. Jetzt bist du hierher gekommen und hast einen armen Mann getötet, der nur seine Tochter verteidigen wollte, und du hast auf uns geschossen und hast unsere Häuser zerstört. Aber jetzt ist Schluss damit und wir sind gekommen, um deinen Übergriffen ein für alle Mal ein Ende zu bereiten.«

Welser richtete seinen Revolver auf Don Luis.

»Ihr seid doch bloß ein Haufen Zerlumpter. Mir jagt ihr keine Angst ein«, sagte er, obwohl das Zittern seiner Stimme ihn Lügen strafte. »Sag diesem Gesindel, es soll sofort abhauen, sonst jage ich dir eine Kugel in den Kopf.«

»Du kannst mich töten«, erwiderte Don Luis unerschrocken. »Ihr könnt uns zu hunderten töten. Aber ihr habt nicht genügend Kugeln für alle und zum Schluss werdet ihr zu Grunde gehen.« Er wandte sich an die Banditen: »Wir haben nichts gegen euch, uns interessiert nur euer Anführer. Wenn ihr die Waffen auf den Boden werft, lassen wir euch gehen. Ich schwöre euch, dass wir dann euer Leben schonen werden.«

»Dass sich ja niemand rührt!«, drohte Welser. »Ich bezahle euch und ihr habt meinen Befehlen zu gehorchen!«

Aber seine Männer schienen damit nicht ganz einverstanden zu sein. Sie betrachteten die unzähligen gar nicht freundlichen Indios, die sie umzingelten, sahen sich gegenseitig an, wogen schweigend die Situation ab und beschlossen, besser zuallererst ihre eigene Haut zu retten.

»Verfluchte Verräter!«, brüllte Welser.

Er versuchte die Abzugsfeder seines Revolvers zu spannen, aber zwei kräftige Indios stürzten sich auf ihn, packten ihn bei den Armen und entwaffneten ihn. Inzwischen hatten die an ihren Pferden zerrenden Banditen begonnen, den engen Durchgang zu durchqueren, den die Menge geöffnet hatte, um sie durchzulassen. Nur wenige Sekunden später ritten sie im Galopp davon und ich bin überzeugt, dass man sie in dieser Gegend nie wieder gesichtet hat.

Dann näherte sich Don Luis Antonia, meinem Vater und mir und schnitt mit seiner Machete die Fesseln durch, die uns gebunden hielten.

Während ich mir die Handgelenke rieb, wandte ich mich an ihn und sagte: »Sie haben uns das Leben gerettet, Don Luis. Vielen Dank, ich ...«

»Ich will deinen Dank nicht«, unterbrach er mich. »Ihr tragt einen großen Teil der Schuld an dem, was passiert ist. Ihr seid genauso gierig wie diese Banditen.«

Im Grunde hatte er Recht, daher setzte ich mein Pokerface auf, wandte den Blick ... und plötzlich erkannte ich Ali Akbar, der die Indios auf Grund seiner Größe überragte. Mein Herz schlug bis zum Hals. Ich lief auf ihn zu, umarmte ihn fest und hätte ihn beinahe mit Küssen bedeckt, wäre das nicht eine sehr unmännliche Geste gewesen.

»Wo warst du? Was ist passiert? Weshalb bist du verschwunden?«, fragte ich ihn überstürzt.

Rasul wartete, bis ich mich beruhigt hatte, und erwiderte dann: »Wir waren alle in der Höhle. Weil mir geschlossene Räume nicht behagen, ging ich hinaus. Da sah ich Welser und seine Männer. Mir blieb keine Zeit euch zu warnen, daher versteckte ich mich.«

»Und das da?«, fragte ich und zeigte mit einer Gebärde auf die Menge, die uns umgab. »Hast du etwas damit zu tun?«

Rasul betrachtete jenes bescheidene und schweigende Volk mit den mandelförmigen Augen und der kupferfarbenen Haut wohlwollend.

»Die Indios leben in sehr überschaubaren Grüppchen in kleinen Dörfern«, sagte er. »Die Isolation macht sie angreifbar. Ich habe ihnen lediglich vorgeschlagen, dass sie alle zusammen Welser besiegen könnten. Den Rest haben sie getan.«

Die Indios hatten Welser die Hände gefesselt, was ihm überhaupt nicht zu gefallen schien, denn er hörte nicht auf, Drohungen auszustoßen, während er versuchte sich von den Männern zu befreien, die ihn festhielten. Unversehens, als hätte die Erwähnung seines Namens seine Aufmerksamkeit erregt, wurde ihm die Anwesenheit Ali Akbars bewusst.

»Du!«, rief er zornig aus. »Du bist schuld! Ich werde dich töten, Mufti! Ich werde dir die Augen ausstechen ...!«

Rasul betrachtete ihn gleichgültig und näherte sich dann Don Luis, ohne sich die Mühe zu machen, auf die Drohungen zu antworten.

»Was werdet ihr mit Welser machen?«, fragte er.

»Er wird als Gefangener hier bleiben, bis er alles Unheil bezahlt hat, das er angerichtet hat.«

»Seid vorsichtig. Er ist gefährlich.«

Don Luis nickte und sagte dann: »Ihr wisst nun, dass es in dieser Gegend nichts gibt, was für euch von Interesse sein könnte. Kehrt nach Hause zurück und sagt dort allen, dass das Kreuz von Eldorado nicht existiert.«

Unmittelbar danach drehte sich Don Luis um und verschwand im Urwald. Und auch die übrigen Indios setzten sich in Bewegung, als befolgten sie eine stumme Weisung, und kehrten über dieselben Pfade und Schneisen zurück, auf denen sie gekommen waren. Welser schleppten sie mit sich. Seine Schreie und Drohungen, die mit der Entfernung immer schwächer wurden, waren das einzige Geräusch, das die Stille durchbrach.

Ein paar Minuten später blieben Antonia, mein Vater, Rasul, unsere Pferde und meine Wenigkeit allein auf jener Lichtung zurück, ziemlich überrumpelt von der plötzlichen Einsamkeit. Ich wandte den Kopf und sah, dass Antonia mit dem Ausdruck tiefster Niedergeschlagenheit im Gesicht auf einem Stein saß, die Ellbogen auf die Knie und das Kinn in die Hände gestützt.

»Geht es dir gut?«, fragte ich.

»Ich habe zweitausend Kilometer umsonst zurückgelegt, man hat mich gefangen genommen, ich habe völlig kaputte

Füße, ich bin schmutzig, ich glaube, ich habe Läuse, und ich stinke. Was denkst du wohl, wie es mir geht?«

Mein Vater schenkte ihr ein Lächeln und sagte galant: »Die Schönheit der Rosen, Señorita, nimmt zu, wenn sie auf dem Mist blühen.«

Antonia reckte ihren Oberkörper mit plötzlicher Koketterie und erwiderte sein Lächeln. Und ich sah mit stummer Resignation zum Himmel empor. Obwohl er drei Jahre mehr auf dem Buckel und ein Auge weniger hatte, war mein Vater derselbe unverbesserliche Schürzenjäger wie früher.

»Uns bleiben noch drei Stunden Tageslicht«, mischte sich Rasul ein. »Wir sollten sie nutzen, um den Urwald hinter uns zu lassen, bevor es Nacht wird.«

Ich seufzte müde.

»Ja«, sagte ich. »Lasst uns nach Hause gehen.«

ZEHNTES KAPITEL

In dem mein Vater eine Theorie entwickelt
und sich die geheimen Worte
Tadeo Guevaras enthüllen

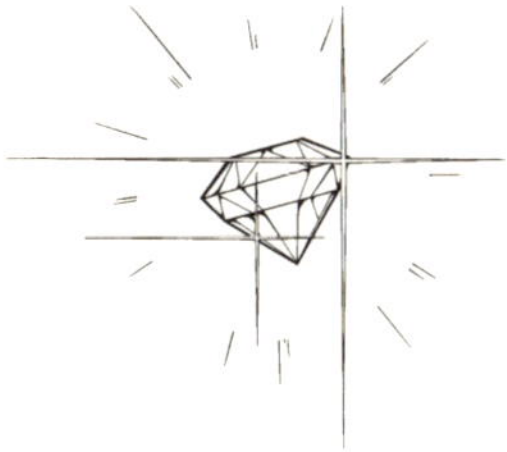

War die Hinreise schon die Hölle gewesen, so wurde die Rückreise noch schlimmer, denn bei ersterer trieb uns die Hoffnung an, aber bei letzterer schleppten wir das Gewicht der Niederlage mit uns. Ich werde mich daher auch nicht in allen Einzelheiten über unseren Rückweg auslassen. Es genügt zu erwähnen, dass wir kahle Hochflächen und Grassteppen durchquerten, auf Berge und durch Schluchten kletterten, an Sümpfen und Urwäldern vorbeikamen, unter der Sonne schwitzten und, vom Unwetter durchnässt, vor Kälte zitterten, aber diesmal in umgekehrter Richtung nach Norden. Zu allem Übel fiel der letzte Abschnitt unserer Reise auch noch mit dem Beginn der Regenzeit zusammen. Und ich schwöre euch, meine Freunde, wenn ihr noch nie gesehen habt, wie das Wasser in den Tropen vom Himmel fällt, wisst ihr nicht, was Regen ist.

Schließlich kamen wir viereinhalb Monate nach unserer Abreise müde, übel zugerichtet und entmutigt in Cartagena an.

Die schwarze Yocasta empfing mich mit so viel Jubel, dass ich zu dem Schluss kam, trotz ihrer sarkastischen Bemerkungen müsse sie mich wirklich mögen. Auch Napoleón war erleichtert, mich zu sehen. Ich glaube, ihnen ging allmählich das Geld aus und er sah in mir die Rückkehr seiner Einkommensquelle. Natürlich verzichtete ich darauf, ihm mitzuteilen, dass ich ruiniert war.

Rasul bezog sein altes Zimmer. Antonia und mein Vater quartierten sich ebenfalls im Haus ein, wenn auch in verschiedenen Zimmern – was vermutlich ganz und gar nicht den Wünschen meines Vaters entsprach. Was mich betraf, so schloss ich mich in meinem Schlafzimmer ein, und während der folgenden drei Tage schlief ich wie ein Murmeltier. Aber am vierten Tag sah ich ein, dass ich nicht mehr länger schlafen konnte, da ich mich sonst wund liegen würde. Daher beschloss ich nach dem Frühstück, mir bei einem Spaziergang durch die Stadt ein wenig Bewegung zu verschaffen.

Cartagena hatte sich seit meiner Abwesenheit nicht verändert. Warum sollte es auch? Es war kaum fünf Monate her, dass ich weggegangen war, obwohl es mir wie eine Ewigkeit vorkam. Aber nein, alles war wie immer. Die Morgensonne brach strahlend zwischen den Dächern der alten Kolonialhäuser hindurch, die Luft roch nach Blumen und Frittiertem, die Obsthändlerinnen priesen marktschreierisch die Güte ihrer Produkte an, und Schwarze und Mulatten,

Indios und Weiße spazierten durch die Straßen – mitten im Klappern der Karren und dem Klingeln der zweirädrigen Planwagen.

Es war ein herrlicher Tag, daher ließ ich die Calle del Arsenal und das Fort del Pastelillo hinter mir und setzte meinen Spaziergang bis zu den Kais fort, wobei ich von Zeit zu Zeit melancholische Blicke auf die Bucht und auf die Mangroven von Bocagrande warf, die am Horizont ins Grüne spielten.

Es war kein Zufall, der meine Schritte zum Hafen lenkte. Dort befand sich das Café Boyacá, die Spelunke von Adamantios Zolotas. Ihr erinnert euch: Ich war blank, denn ich hatte bei meiner gescheiterten Expedition alles verloren, sodass sich Kleiner Jim, der jüngste Falschspieler der Karibik, wieder der Arbeit zuwenden musste. Es ist keineswegs so, dass es mir Vergnügen bereitete, aufs Neue mit diesem verräterischen Griechen zu tun zu haben, aber im Grunde wusste ich, dass Zolotas mich an Welser ausgeliefert hatte, weil er Angst hatte, und die Angst – wie mein Vater zu sagen pflegte – ist schwerer zu beherrschen als ein durchgegangenes Pferd.

Und da wir gerade von meinem Vater sprechen – ich hatte ihm nichts von meinen Plänen erzählt und wusste folglich nicht, wie er zu diesem Thema stand. Nachdem ich drei Jahre lang geglaubt hatte Waise zu sein, musste ich mich vermutlich allmählich daran gewöhnen, dass ich als Minderjähriger der väterlichen Vormundschaft unterworfen war. Ich war so in meine Grübeleien versunken, dass ich auffuhr, als mich jemand grüßte.

»Guten Tag, Jaime.«

Ich wandte erschrocken den Kopf, beruhigte mich aber, als ich entdeckte, dass es sich um Pater Buenaventura handelte, den Priester der Kirche von Santo Domingo.

»Ach hallo, Pater.«

»Es ist lange her, seit ich dich zum letzten Mal gesehen habe.«

»Ja ... stimmt, ich bin auf Reisen gewesen.«

»Das weiß ich schon«, sagte der Priester. »Du warst im Süden des Landes, in der Region Huila, auf der Suche nach dem Kreuz von Eldorado.«

Ich hob verblüfft die Augenbrauen.

»Woher wissen Sie das?«

»Sieh mal«, antwortete er und wies auf ein Indiopaar, das an uns vorbeiging. »Diese Leute sind so bescheiden, so zurückhaltend, dass ihnen niemand Aufmerksamkeit schenkt, obwohl sie überall sind. Aber sie haben Augen und Ohren und mehr als genug Intelligenz, um zu verstehen, was vor sich geht. Außerdem reisen Nachrichten schneller als Menschen. Es waren die Indios meiner Gemeinde, die mich auf den neuesten Stand deiner Abenteuer brachten.« Er machte eine Pause und fügte dann hinzu: »Du hast das Kreuz nicht gefunden, stimmt/s?«

Ich zuckte mit den Schultern.

»Nein. Zumindest fand ich nicht das, was ich suchte.«

»Aber alle Kreuze sind ein und dasselbe Kreuz, Jaime. Und alle stellen das Gleiche dar: Jesus.«

»Wahrscheinlich haben Sie Recht. Aber das Kreuz, das ich suchte, war ein bisschen anders. Sie wissen schon.«

Der Priester sah mich ziemlich bekümmert an, als wäre ich ein verirrtes Schaf, das hoffnungslos vom rechten Weg abgekommen war.

»Hast du aus all dem etwas gelernt?«, fragte er plötzlich.

»Ja. Ich habe gelernt, dass man niemals eine Reise unternehmen sollte, ohne zuvor sicher zu sein, dass es einen guten Grund dafür gibt. Und jetzt entschuldigen Sie mich, Pater, aber ich bin müde und möchte nach Hause.«

Ich schickte mich an, den Heimweg anzutreten, aber Pater Buenaventura hielt mich fest und legte mir eine Hand auf die Schulter.

»Du bist ein besserer Mensch, als du selbst glaubst, Jaime«, sagte er.

Ich pflichtete ihm mit einem der Situation angemessenen Gesichtsausdruck bei, löste mich sanft von der Hand des Priesters und machte mich auf den Weg nach Hause, wobei ich mich, ohne zu wissen weshalb, viel bedrückter und erschöpfter fühlte als zu dem Zeitpunkt, da ich das Haus verlassen hatte.

Am nächsten Morgen teilte uns Antonia mit, dass sie beabsichtigte, uns noch am selben Tag zu verlassen.

»Ich habe hier nichts mehr zu tun«, sagte sie. »Und es gehört sich nicht, anderer Leute Gastfreundschaft über Gebühr zu strapazieren.«

»Wohin wirst du gehen?«, fragte ich.

»Zuerst nach Barranquilla, dann nach Santa Marta und

dann …«, – sie verzog anmutig das Gesicht. »Nun, vielleicht gehe ich nach Venezuela oder nach Panama, ich bin mir noch nicht sicher.«

Kaum in Cartagena angekommen, hatte sich Antonia mit Bimsstein geschrubbt, bis auch die letzte Spur von Schmutz getilgt war, sie befreite sich mittels einer Lotion aus Nieswurzsamen von den Läusen, fasste ihre Haare im Nacken zusammen und brachte durch geschicktes und zurückhaltendes Auftragen von Schminke wieder Farbe auf ihre Wangen. Bekleidet mit einem langen Hosenrock und einer Satinbluse, war sie jetzt sehr hübsch. So seltsam es auch scheinen mag, es machte mich traurig, sie gehen zu sehen, denn obwohl es sich um eine verlogene, aufreizende und gefallsüchtige junge Frau handelte, so war sie doch auch eine tapfere, zähe und gute Partnerin.

Mein Vater, der trotz der Verwegenheit, die ihm die Augenklappe verlieh, ebenfalls sein bestes Äußeres wiedererlangt hatte, drängte darauf, dass Antonia noch eine Weile bliebe, zumindest bis nach dem Essen. Sie führte an, das Pferd sei bereits gesattelt und das Gepäck in den Satteltaschen verstaut, aber mein Vater weigerte sich, eine Absage als Antwort hinzunehmen.

»Wir werden ein Abschiedsfest feiern, freundschaftlich plaudern und anschließend auf die Zukunft anstoßen. Außerdem«, fügte er in geheimnisvollem Ton hinzu, »habe ich etwas mit euch zu besprechen.«

Schließlich erwies er sich als so überzeugend, dass Antonia keine andere Wahl blieb als einzuwilligen. Yocasta bereitete eine Suppe zu, dann einen köstlichen Hammelschmorbraten mit Maniok und schließlich Obstsalat, und mein Vater öffnete eine Flasche kalifornischen Wein. Trotzdem war jenes Essen alles andere als das fröhliche Festmahl, das wir uns vorgestellt hatten.

Rasul schien die Tatsache, dass er seiner Ansicht nach auf der Reise so viel hatte reden müssen, mehr angestrengt zu haben als die Reise selbst, und er brachte die Lippen nur auseinander, wenn er den Löffel zum Mund führte. Ich meinerseits war nicht besonders gut gelaunt und Antonia wirkte abwesend, sodass wir bis auf den lebhaften Wortschwall meines Vaters schweigend und in einer ziemlich düsteren Stimmung aßen.

Nach dem Dessert, während Yocasta den Kaffee servierte, lenkte mein Vater unsere Aufmerksamkeit auf sich, indem er mit dem Messerrücken sein Glas zum Klingen brachte.

»Meine Freunde, ich möchte euch bitten mir zuzuhören«, sagte er. »Ich habe mich eurer Expedition spät angeschlossen, und wenn ich aufrichtig sein soll, bin ich nur mitgegangen, weil ich an der Seite meines Sohnes sein wollte, denn ich bin nie dafür gewesen, diejenigen auszuplündern, die weniger haben als ich. Und die Bewohner jenes kleinen Dorfs in den Bergen, ihr wisst es nur zu gut, waren arm wie Kirchenmäuse.« Er legte die Hände auf den Rücken und begann von einer Seite des Wohnzimmers zur anderen zu wandern. »Trotzdem«, fuhr er fort, »unter den gegebenen Umständen glaube ich, dass ich euch an ein paar Fragen teilhaben lassen sollte, die mir in letzter Zeit durch den Kopf gehen. Erstens: Ihr alle habt das Holzkreuz gesehen, das sich in der Höhle des Spaniers befand. Don Luis sagte uns, es sei das Kreuz von Eldorado, das heißt, das Kreuz, das Saavedra im 16. Jahrhundert anzufertigen befahl. Nun gut, ich untersuchte dieses Kreuz und es war nicht im Entferntesten vierhundert Jahre alt. Das Holz war künstlich auf alt gemacht worden, ich nehme an, mit Ätzkalk und Tinkturen, aber ich kann euch versichern, dass das Kreuz, das man uns gezeigt hat, vor nicht mehr als zwanzig oder dreißig Jahren gefertigt wurde.«

Antonia hörte auf in ihrem Kaffee zu rühren und starrte meinen Vater mit offenem Mund an.

»Wollen Sie etwa sagen, dass uns die Indios hereingelegt haben?« Sie verharrte eine Weile nachdenklich. »Oder mit anderen Worten: Immer wenn Fremde ins Dorf kamen, versteckten sie das echte und ersetzten es durch das Holzkreuz ...«

»Genau das war mein Eindruck«, bestätigte mein Vater.

»Und warum hast du uns das nicht gesagt?«, mischte ich mich ein.

»In erster Linie, weil es mir, wie ich schon sagte, nicht anständig erscheint, die Armen zu berauben.« Er betrachtete mich streng. »Und das ist ein Grundsatz, von dem ich dachte, ich hätte ihn dir eingeschärft, Jaime, mein Sohn.« Er seufzte. »Aber nein, ich glaube nicht, dass die Indios das Kreuz aufbewahren, denn die Geschichte, die uns Don Luis erzählte, ergibt keinen Sinn. Also: Guevara, Espejo und López kommen in Uiraracu an, gehen zur Höhle des Spaniers und entdecken, dass das Kreuz von Eldorado nichts anderes ist als ein paar vernagelte Bretter. Da wird Guevara verrückt, schießt auf die Indios und ermordet seine beiden Kameraden. Weshalb hat er das getan? Nun, ich will nicht behaupten, dass ihm die Enttäuschung nicht den Verstand hätte verwirren können, aber doch nicht so weit, dass er zum Mord getrieben würde.« Er machte eine Pause und fügte mit erhobenem Finger hinzu: »Habgier ist dagegen ein gutes Motiv für das Verbrechen.«

»Ich kann Ihnen nicht folgen, Señor Mercader«, sagte Rasul.

»Nun, es ist ganz einfach, Freund Akbar. Erlauben Sie mir Ihnen zu erklären, wie sich die Ereignisse meiner Meinung nach abspielten: Guevara, Espejo und López kamen in Uiraracu an, gingen zur Höhle des Spaniers und fanden das Kreuz von Eldorado, das echte, mit all dem Gold und den Smaragden. Und sie beschlossen es zu behalten, aber die Einwohner des Dorfes widersetzten sich, sodass sie auf sie schossen und ein Gemetzel veranstalteten. Dann wurde Guevara verrückt, das stimmt, aber aus Gier. Er muss gedacht haben, es wäre besser, den Schatz für sich allein zu behalten, statt ihn zu teilen, weshalb er Espejo und López umbrachte und dann das Kreuz mitnahm.«

»Er nahm das Kreuz mit«, wiederholte Antonia verwirrt. »Und was hat er dann damit gemacht? Und wo ist es jetzt?«

»Ich habe keine Ahnung. Alles scheint darauf hinzudeuten, dass Guevara auf der Rückreise endgültig den Verstand verlor. Möglicherweise kam ihm das Kreuz abhanden oder er versteckte es. Wo? Ich weiß es nicht.« Er wandte sich mir zu. »Du, Jaime, hast mir jedoch erzählt, Guevara habe zwei

Geheimbotschaften in einer Bibel hinterlassen und dass es dir nicht gelungen sei, eine der beiden zu entschlüsseln. Könntest du diese Bibel einmal herbringen?«

Ich war verblüfft über diese neue und unerwartete Wendung, die die Ereignisse plötzlich nahmen. Das Kreuz von Eldorado existierte doch? Und wir konnten es vielleicht noch finden? Diese Möglichkeit ließ mich ins Träumen geraten, aber mein maßloses Staunen hinderte mich nicht daran, im Laufschritt in mein Zimmer zu eilen und Tadeo Guevaras Bibel zu holen.

Yocasta trällerte leise ein Volkslied, während sie den Tisch abräumte, aber keiner von uns schenkte ihr Beachtung. Wir blickten alle gebannt auf meinen Vater, der in diesem Moment die Zahlenreihe untersuchte, die Guevara in seine Bibel geschrieben hatte, und sie mit dem Papier verglich, auf dem ich die Nachricht entschlüsselt hatte.

»Mal sehen, ob ich das richtig verstehe«, sagte er, nachdem er eine ganze Weile nachgedacht hatte. »Diese Zahlen sind in Wirklichkeit die Seiten eines Buches von Edgar Allan Poe und du, Jaime, hast den ersten Buchstaben jeder dieser Seiten genommen und ihn an die Stelle der entsprechenden Zahl gesetzt.«

»Genau.«

»Gut«, fuhr mein Vater fort. »Der erste Teil der entzifferten Botschaft lautet: ›Der Weg zum Kreuz von Eldorado ist hinter dem Umhang der Jungfrau.‹«

»Das bezieht sich auf ein Gemälde Guevaras«, merkte Antonia an. »Ein Bild von Mariä Himmelfahrt, neben dem eine Landkarte zu sehen war.« Sie strich nachdenklich über ihr Kinn. »Hm, jetzt, wo ich darüber nachdenke – weshalb machte er sich die Mühe, die Karte zu zeichnen, wenn er wusste, dass das Kreuz nicht in Uiraracu war?«

»Vielleicht um eine falsche Fährte zu legen«, schlug ich vor. »Wenn jemand hinter dem Kreuz her wäre, würde ihn Guevara so zu der am weitest entfernten Stelle schicken, nämlich dahin, wo es war und nicht mehr ist.«

»Kann sein ...«, stimmte mein Vater mit einem Kopfnicken zu. »Aber jetzt konzentrieren wir uns einmal auf den zweiten Teil der Botschaft. ›Suche bei Markus wie Legrand im Käfer.‹ Das scheint nicht viel Sinn zu ergeben ...« Er überlegte ein paar Augenblicke und schlug vor: »Vielleicht gab es noch ein Gemälde im Haus, ein Bild von dem Evangelisten Markus.«

Mein Gott!, dachte ich betroffen. Darauf war ich nicht gekommen. Antonia schüttelte traurig den Kopf.

»Ich fürchte, nein«, sagte sie. »Ich hatte diese Möglichkeit schon in Betracht gezogen. Eines Tages ging ich zu Tadeo Guevaras Haus und verbrachte Stunden damit, die Gemälde zu überprüfen. Und es gab kein einziges Bild von Markus und auch keins von einem Löwen, der sein Sinnbild ist.«

Mein Vater schlug die Bibel zu, seufzte tief, kratzte sich am Kopf, und nach einigen Sekunden des Schweigens sagte
er: »Also, ich gebe es auf, ich verstehe das nicht. Wer ist ›Legrand‹? Und um welchen ›Käfer‹ geht es?«

»Um den Goldkäfer«, schaltete sich unerwartet Yocasta ein.

Keinem von uns war es aufgefallen, aber schon seit einiger Zeit war meine schwarze Dienerin unserer Unterhaltung aufmerksam gefolgt, statt die Teller und das Besteck abzuräumen.

Mein Vater wandte sich mit einem freundlichen Lächeln an sie und fragte: »Wie meinten Sie, Señora ...?«

»Dass es sich bei diesem Käfer, von dem in dem verschlüsselten Text die Rede ist, um den Goldkäfer handelt.«

»Und was ist der Goldkäfer?«, fragte ich.

Yocasta seufzte ergeben, als würde sie sich angesichts des Umfangs meines Nichtwissens immer wieder von neuem wundern.

»Eine Geschichte, werter Herr Jaime«, erwiderte sie in jenem Tonfall zwischen Bescheidenheit und Schulmeisterei, an den ich mich inzwischen gewöhnt hatte. »Ich bin nur eine arme ungebildete Schwarze, aber ich meine verstanden zu haben, dass der verstorbene Señor Guevara seine Botschaft mit Hilfe eines Buchs von Edgar Allan Poe verschlüsselte. Nun gut, Señor Bustamante, mein früherer Herr, bewunderte diesen Schriftsteller. Tatsächlich war jener Poe selbst ein großer Anhänger der Kryptografie, wie auch der hervorragende Félix-Marie Delastelle ...«

»Würdest du bitte auf den Punkt kommen, verflucht noch mal!«, murmelte ich.

»Aber ja, werter Herr Jaime«, sagte sie spöttisch. »Die Sache ist die, dass ich das Vergnügen hatte, meinem früheren Herrn die Erzählungen von Poe vorzulesen. Und an eine dieser Geschichten erinnere ich mich sehr gut; ihr Titel lautet *Der Goldkäfer* und die Hauptperson heißt Legrand.«

Wir schwiegen erwartungsvoll und tauschten erstaunte Blicke aus.

»Fahren Sie fort, Señora, ich bitte Sie«, sagte mein Vater.

»In dieser Erzählung geht es um ein geheimnisvolles Pergament, auf dem eine verschlüsselte Nachricht steht, mit deren Hilfe es gelingt, den Schatz von Kapitän Kidd zu finden. Die Hauptperson der Geschichte, William Legrand, entschlüsselt die Nachricht mit Leichtigkeit. Und hier halte ich es für angebracht, darauf hinzuweisen, dass das von Legrand verwendete System das Ersetzungsverfahren war – das heißt, man ersetzt jeden Buchstaben durch ein anderes Zeichen –, sehr ähnlich, aber eben nicht genau gleich wie jenes, das Señor Guevara in seiner Bibel benutzte. Aber, und das ist das Wichtigste an der Sache, auf Poes Pergament befand sich eine weitere versteckte Nachricht. Und ich sage ›versteckt‹ und nicht ›verschlüsselt‹, denn es handelte sich um eine Nachricht, die mit sympathetischer Tinte geschrieben war.«

»Was zum Teufel ist sympathetische Tinte?«, fragte ich.

Erneut taxierte Yocasta mich mit einiger Nachsicht von oben bis unten.

»Unsichtbare Tinte, werter Herr Jaime«, antwortete sie in demselben Ton, den eine Hauslehrerin verwenden würde, um einem nicht allzu aufgeweckten Kind etwas Offensichtliches zu erklären. »Wenn man mit ihr schreibt, sieht man sie nicht, aber sobald man das entsprechende Reagenz aufträgt, wird sie sichtbar.«

Allmählich drehte sich mir der Kopf.

»Willst du damit sagen«, fragte ich, »dass es in Guevaras Bibel im Markusevangelium eine mit unsichtbarer Tinte geschriebene Nachricht gibt?«

»Oh, das weiß ich nicht, Herr Jaime. Ich bin nur eine ungebildete Schwarze.«

Ich hatte gute Lust sie umzubringen, aber stattdessen fragte ich: »Wie macht man diese Tinte sichtbar?«

»Es gibt viele Sorten von sympathetischer Tinte. Da wären türkisfarbenes Email oder Kobaltchlorid, gelöst in Salpetersäure. Diese Tinten werden sichtbar, wenn man sie erwärmt. Und das Gleiche gilt für Zitronensaft.«

»Was?«, fragte ich; das erinnerte mich an etwas ...

»Wenn man statt mit Tinte mit Zitronensaft schreibt«, erklärte Yocasta, »kann man die Buchstaben nicht lesen. Aber wenn man das Papier erwärmt, werden die Schriftzüge, die der Saft hinterlassen hat, dunkelbraun.«

Da fiel es mir wieder ein. Als ich Monate zuvor Guevaras Bibel untersuchte, hatte ich einen schwachen Duft nach Zitronen wahrgenommen, erinnert ihr euch? Nach Zitronen!

Ich stürzte mich auf die Bibel und blätterte schnell bis zum Markusevangelium. Ich musste nicht lange suchen. Gleich oben auf der ersten Seite war eine freie Fläche. Dort war das Papier ein bisschen gewellt, als wäre es einmal nass geworden. Und es roch nach Zitrone.

Mein Vater beeilte sich, eine Petroleumlampe herbeizuholen. Antonia, nicht weniger eifrig, entzündete den Docht mit einem Streichholz. Und ich hielt vorsichtig die erste

Seite des Markusevangeliums an die zuckende Flamme der Lampe.

Nach wenigen Sekunden, als sich das Papier erwärmt hatte, erschien vor unseren verblüfften Augen wie durch ein Wunder allmählich eine neuerliche Nachricht Tadeo Guevaras.

Ich nehme an, der alte Guevara wollte uns die Sache nicht allzu leicht machen, oder vielleicht war er so begeistert von der Kryptografie, dass er es nicht lassen konnte, sich in Kauderwelsch auszudrücken. Oder möglicherweise war er einfach so hoffnungslos verrückt, dass nichts von alledem irgendeinen Sinn ergab. Wie dem auch sei, die neue Nachricht, die die Wärme der Flamme ans Licht brachte, lautete:

DAS KREUZ BEFINDET SICH IN
MATTHÄUS 27, 57–61

»Nimmt das denn nie ein Ende?«, murmelte Antonia. »Springen wir jetzt von Evangelium zu Evangelium?«

»Aber wir sind auf dem richtigen Weg«, erwiderte mein Vater optimistisch. »Lasst uns mal sehen: Die Nachricht bezieht sich auf einen bestimmten Absatz im Neuen Testament, also müssen wir den zunächst mal suchen.«

Wenig überzeugt begann ich das Matthäusevangelium Seite für Seite durchzublättern, hörte aber schon bald wieder damit auf.

»Ich weiß nicht, wie man damit umgeht«, musste ich widerwillig eingestehen. »Was bedeuten diese Zahlen?«

Die Antwort kam von einer Seite, von der ich sie niemals erwartet hätte.

»Siebenundzwanzig ist das Kapitel«, sagte Rasul. »Und die anderen Zahlen sind die Verse.« Er nahm mir die Bibel aus der Hand, suchte schnell im Text von Matthäus und zeigte mir den entsprechenden Absatz. »Das ist er«, schloss er.

Ich bekam den Mund nicht mehr zu.

»Du kennst die Bibel, Rasul?«

»Ja. Kennst du den Koran, Jaime?«

Nein, den kannte ich nicht. Und die Bibel genauso wenig, zumindest nicht näher. Der Absatz, den Tadeo Guevara angegeben hatte, war überschrieben mit *Begräbnis Jesu* und lautete:

Als es Abend wurde, kam ein reicher Mann aus Arimathäa mit Namen Joseph, der auch selbst ein Jünger Jesu war. Er ging zu Pilatus und bat um den Leichnam Jesu. Da befahl Pilatus, dass er ausgeliefert werde. Joseph nahm den Leichnam, wickelte ihn in reine Leinwand und legte ihn in sein neues Grab, das er im Felsen hatte aushauen lassen, wälzte einen großen Stein vor den Eingang und ging weg. Es waren aber auch Maria Magdalena und die andere Maria dabei und saßen dem Grab gegenüber.

Erneut tauschten wir stillschweigend Blicke.

»Hier ist keine Rede von irgendeinem Kreuz«, merkte Antonia an.

Mein Vater blinzelte ein paar Mal mit seinem einzigen Auge.

»Was will uns Guevara mit diesem Text sagen?«, fragte er.

Unser Blicke fielen auf Yocasta, aber meine schwarze Dienerin zuckte nur mit den Schultern, begann den Tisch abzuräumen und tat so, als ob sie die Sache nichts mehr anginge.

Gut, dachte ich; bis hierher waren wir also gekommen. Ich übergab die Bibel meinem Vater, ließ mich in einen Sessel fallen und schloss die Augen. Mein Kopf schmerzte und ich hatte die vielen Rätsel satt. Es war besser, sich nicht darum zu kümmern.

Aber nein, das war unmöglich. Es konnte nicht sein, dass sich Guevara so viel Mühe für nichts gemacht hatte. Daher zwang ich mich, mein schwerfälliges Hirn in Gang zu setzen. Wovon war in dem Abschnitt bei Matthäus die Rede? Von Joseph aus Arimathäa, von dem Leichnam Jesu, von Pilatus, von einem Grab ...

Da hatte ich unverhofft eine Offenbarung. Es war einer dieser seltenen Momente, in denen wir ganz klar die Perfektion des Universums wahrnehmen; alles erhält eine Bedeutung und alle Teile passen ineinander. Ich erinnerte mich an einen Ort und an einen Namen. Dann, als wollte das Licht, das sich in meinem Geist ausgebreitet hatte, auch noch die letzten meiner Nervenzellen erleuchten, begann ich mit den Buchstaben des Namens zu spielen, drehte sie, vertauschte ihre Position und erhielt auf diese Weise etwas Neues und sehr Aufschlussreiches.

Ich sprang auf, die Augen aufgerissen und die Lippen in maßlosem Staunen halb geöffnet.

»Ist dir das Essen schlecht bekommen, Jaime?«, fragte mein Vater. »Du bist so blass.«

»Wir müssen gehen ...«, murmelte ich mit dünner Stimme.

»Gehen? Wohin?«

Ich lächelte triumphierend, stolz wie ein Pfau über meine höchsteigene Intelligenz und rief aus: »Zum Haus von Tadeo Guevara!«

Wir banden die Pferde vor dem Haus des alten Tadeo an, das jetzt noch einsamer, verlassener und trauriger aussah als je zuvor, und ich führte meinen Vater, Antonia und Rasul auf das Stück Land, das hinter dem Gebäude lag.

»Hier war ich nicht«, bemerkte Antonia. »Ich bin nie weiter als bis zum Haus gegangen.«

Ich blieb stehen und wies auf den Baum, der vor uns aufragte.

»Hier beging Tadeo Guevara Selbstmord«, sagte ich.

Antonia sah die Grabstätte zu Füßen des Baums und ging näher, um die Inschrift zu lesen, die auf dem Stein stand.

»Wer ist Adela K. Sorvedo Zurdon?«, fragte sie.

»Niemand«, antwortete ich und dann, nach einer ziemlich theatralischen Pause, fügte ich hinzu: »Das ist noch eins von Guevaras Spielchen, ein Anagramm. Versteht ihr es nicht? ›Adela K. Sorvedo Zurdon‹ besteht aus exakt den gleichen Buchstaben wie ›Das Kreuz von Eldorado‹, nur dass die Reihenfolge eine andere ist. Versucht es selbst.«

Antonia nahm Papier und Bleistift aus ihrer Tasche, und mit der Zungenspitze im Mundwinkel (ich gebe zu, dass mir diese Geste damals äußerst reizend schien) begann sie die Buchstaben so umzuordnen, wie ich angegeben hatte.

»Es stimmt!«, rief sie nach wenigen Sekunden. »Mit anderen Worten, das Kreuz ist ...«

»... in diesem Grab bestattet«, schloss ich. »Deshalb wählte Guevara diesen Absatz der Bibel. Das Kreuz ist das Symbol Jesu und wenn Matthäus schreibt, sie legten den Leichnam Jesu in ein Grab, wollte uns der alte Tadeo damit sagen, dass sich das Kreuz in einem Grab befindet. In welchem? Im einzigen Grab, das es in seinem Garten gibt.«

Alle sahen mich bewundernd an und ich hielt mich einige Sekunden lang für den pfiffigsten Kerl des gesamten Universums. Es war ein zauberhafter Moment, dem Antonia leider schnell ein Ende bereitete.

»Na dann«, sagte sie, »worauf zum Teufel warten wir noch?«

Auf nichts natürlich. Wir holten die Spaten, die ich in weiser Voraussicht mitgebracht hatte, entfernten den Grabstein aus Granit und begannen mit ungewöhnlichem Eifer zu graben.

Vermutlich gaben wir ein sehr seltsames Bild ab – drei Männer und eine Frau, die in der lauen Abendsonne ein Grab schändeten –, aber zum Glück befand sich Guevaras Grundstück in einem abgelegenen Gebiet und niemand störte uns.

Nach einer halben Stunde, als wir etwa einen Meter tief gegraben hatten, stieß Rasuls Spaten gegen etwas Hartes. Wir entfernten die Erde mit den Händen und vor uns erschien eine hölzerne Oberfläche. Mit neuen Kräften machten wir uns wieder ans Werk und vergrößerten das Loch, denn das, was dort begraben war, hatte beträchtliche Ausmaße.

Nach heftigen Anstrengungen hatten wir eine große Holzkiste freigelegt, breiter als ein normaler Sarg, aber sehr grob gearbeitet. Es kostete uns unendliche Mühe, sie aus dem Loch zu ziehen, denn sie war tonnenschwer, aber schließlich schafften wir es, sie auf das Gras zu hieven, direkt neben die Erdklumpen, die wir dort aufgehäuft hatten.

Wir betrachteten sie schweigend, urplötzlich verzagt, und wir wagten nicht, den letzten folgerichtigen Schritt zu tun. Rasul war der Erste, der reagierte. Mit Hilfe der Spatenkante hebelte er den Deckel auf und klappte ihn zur Seite, wobei er den Inhalt der Kiste freilegte.

Ich stieß die Luft aus und meine Lippen formten ein stummes *Mein Gott*. Denn dort, vor meinen Augen, glänzte in all seiner Herrlichkeit das mythische und gewaltige Kreuz von Eldorado.

»Wie wundervoll ...«, murmelte mein Vater staunend.

Er hatte Recht; es war der überwältigendste Gegenstand, den man sich vorstellen konnte. Ein lateinisches Kreuz mit einem breiten Querbalken, ganz aus Gold gefertigt und mit dutzenden, ach was, hunderten von Smaragden besetzt, mit kleinen, großen und riesigen. Aber trotz seiner Ausmaße war es nicht sein materieller Wert, der es so außergewöhnlich machte. Die Goldschmiede der Quimbaya-Indios, die das Kreuz auf Anweisung Don Íñigo de Saavedras gefertigt hatten, hatten es verschwenderisch verziert und diesem christlichen Symbol, das sie nicht verstehen konnten, Bilder hinzugefügt, die aus ihrer eigenen Religion stammten: Schlangen und Jaguare, Vögel, Eidechsen und mythologische Wesen, menschliche Gesichter, erstarrt zu seltsamen Grimassen, ein ganzer Wirrwarr aus Figuren, hervorragend aus dem Gold des Kreuzes herausgearbeitet, umgeben von einem geometrischen Fachwerk kunstvoller Filigranarbeit und gesprenkelt vom grünen Glanz der Smaragde.

»Schaut nur!«, sagte Antonia. »Seht euch dieses Gold und die Juwelen an. Das muss Millionen wert sein …« Sie begann nervös zu lachen. »Wir sind reich!«

Rasul, dessen ausdruckslose Augen das Kreuz anstarrten, murmelte: »Es ist sehr schön.«

Das war es. Wunderschön. Ich ließ die Augen noch einmal darüber wandern und auf einmal bemerkte ich auf dem Boden der Kiste ein zusammengelegtes Blatt Papier. Ich bückte mich um es aufzuheben und entfaltete es. Es war ein Brief, verfasst in der sorgfältigen Schönschrift des alten Tadeo. Antonia, mein Vater und Rasul sahen mich erwartungsvoll an. Ich räusperte mich und begann laut zu lesen.

An denjenigen, der das Kreuz von Eldorado gefunden hat:
Ich heiße Tadeo Guevara und bin ein Sünder. Es gibt niemanden auf Gottes Erden, der ein so niederträchtiger Lump ist wie ich, und keinen, der so verkommen ist. Meine Sünden sind vielfältig, aber unter ihnen ist eine, die sich abhebt durch ihre überaus große Verworfenheit. Du hast sie vor dir, in Form dieses Kreuzes, das ich mit Blut und Schande befleckte.
1870 fand ich einen alten Brief, in dem in allen Einzelheiten der Weg zum Kreuz von Eldorado, dem sagenhaften Schatz von Saavedra, beschrieben war. Dank der Finanzierung durch Simon Welser organisierte ich ein Jahr später gemeinsam mit Tomás López und Augustín Espejo eine Expedition um es zu suchen. Wir fanden es drei Monate später im Dorf Uiraracu und stahlen es seinen Bewohnern. Die Indios wollten den Raub verhindern, aber wir feuerten unsere Waffen auf sie ab. Das war meine abscheulichste Sünde. Noch heute, wenn ich die Augen schließe und einzuschlafen versuche, höre ich ihre Schreie und erinnere mich an ihren Schmerz.
Aber damals war ich ein gieriger und grausamer Mensch und das unter den Unschuldigen vergossene Blut hatte nichts weiter getan, als die Bestie in mir zu wecken. Warum soll ich den Schatz mit anderen teilen?, dachte ich. Und da, blind vor Habgier, ermordete ich kaltblütig meine beiden Kameraden.

Danach nahm ich das Kreuz mit zurück nach Norden, quer durch das ganze Land. Auf meinem Marsch litt ich an Halluzinationen, misstraute allem und jedem, ging Dörfern und Menschen aus dem Weg und versteckte mich wie Ungeziefer in Höhlen und Kaninchenbauen. Als das Maultier starb, das die Last trug, schleppte ich selbst das Kreuz weiter und kam unter der bleiernen Sonne nur mühsam voran.
Eines Tages, ich weiß weder wann noch wo, während ich mich fast ohnmächtig vor Hunger und Durst, aber ohne das Kreuz loszulassen, fortbewegte, verließen mich endgültig die Kräfte. Ich fiel völlig erschöpft zu Boden und wusste, dass ich sterben würde. Ich habe keine Ahnung, wie lange ich dort benommen und matt liegen blieb, aber plötzlich vernahm ich eine Stimme, die in meinem Kopf sprach. Die Stimme sagte, ich sei ein großer Sünder, der in seinem Leben furchtbare Schändlichkeiten verübt hätte, aber dass mein Leben verschont würde, um mir so die Möglichkeit zu bieten, für meine Schuld zu büßen. Dann verstummte die Stimme und ich verlor erneut das Bewusstsein.
Später tauchte ein Mann auf, ein bescheidener Indio, der meinen Durst stillte und mir zu essen gab, ohne irgendeine Frage zu stellen. Er kümmerte sich einen ganzen Tag und eine Nacht lang um mich und obwohl er das Kreuz sah, machte er keinen Versuch es mir zu entreißen. Als er ging, hinterließ er mir einen

Teil seiner Vorräte. Ich habe nicht einmal seinen Namen erfahren.

Nachdem ich meine Kräfte wiedererlangt hatte, versteckte ich das Kreuz in einer Höhle und kehrte nach Santa Marta zurück, aber ich war nicht mehr derselbe Mann. Jetzt legte sich die Last der Schuld wie eine schwere Steinplatte auf mich und ich begriff, dass ich niemals in mein früheres Leben würde zurückkehren können.

Ich verließ meine Frau, holte das Kreuz und brachte es heimlich nach Cartagena. Ich brach einen Smaragd heraus – wieder eine Sünde mehr – und mit dem Geld, das ich dafür erhielt, kaufte ich ein Haus und ein kleines Grundstück, einen Ort, an dem ich meine Scham verbergen konnte.

Ich weiß, dass mir eine zweite Chance gewährt wurde, dass Gott selbst seine Gnade über mich breitete und mein Leben rettete, aber ich weiß auch, dass mir eine Buße auferlegt wurde: das Kreuz denjenigen zurückzugeben, denen ich es geraubt habe. Trotzdem kann ich das nicht tun, mir fehlt der notwendige Mut, nach Uiraracu zurückzukehren und den Menschen gegenüberzutreten, die ich verletzt habe, den Frauen ins Gesicht zu sehen, deren Söhne und Ehemänner ich ermordet habe.

Nein, ich bin nicht in der Lage es zu tun; die Feigheit ist eine meiner vielen Sünden. Daher wurde ich zum Säufer, um die Erinnerungen zu verscheuchen. Aber das Gedächtnis ist ein unnachgiebiger Tyrann, der

immer die Oberhand gewinnt und mir die Vergangenheit vor Augen führt, die mich mit Schmerz und Reue erfüllt. Ich weiß nicht, wie lange ich diese Bürde noch ertragen kann.
Trotzdem bleibt mir noch eine Hoffnung: jemanden zu finden, eine reine Seele, die statt meiner das tut, wozu mir der Mut fehlt. Ich werde das Kreuz in einem falschen Grab verstecken. Ich habe eine Reihe von geheimen Schlüsseln hinterlegt, die denjenigen den Raub erschweren werden, die das Kreuz aus Habgier suchen, die aber vielleicht den Verstand desjenigen erleuchten, der bereit ist, für mich Buße zu tun, wenn es mir gelingt, den entsprechenden Menschen zu finden.
Ich weiß nicht, ob du diese Person bist, oder ob dich der Zufall zu diesem Grab geführt hat, aber wenn du meinen Brief liest, heißt das auch, dass du das Kreuz von Eldorado gefunden hast. Lass dich nicht durch seinen Glanz blenden und möge die Habsucht dein Herz verschonen, da du sonst zum Mitschuldigen meiner Sünden würdest.
Ich flehe dich an: Geh nach Uiraracu und gib das Kreuz seinen rechtmäßigen Besitzern zurück.

Der Brief war mit *Tadeo Guevara y Ortiz* unterzeichnet. Ich rieb mir mit Zeigefinger und Daumen die Augen und seufzte. Mein Vater räusperte sich und verlagerte sein Körpergewicht von einem Fuß auf den anderen. Rasul sagte wie immer nichts.

»Nun gut, der alte Tadeo war vollkommen verrückt«, bemerkte Antonia mürrisch. »Sonne und Suff müssen sein Gehirn angegriffen haben.«

Wirklich? Ich war mir dessen nicht so sicher. Die Lektüre dieses Briefes hatte einen bitteren Nachgeschmack in meinem Mund hinterlassen.

Ich betrachtete das Kreuz erneut und dachte an das unermesslich große Vermögen, das wir dafür erzielen würden, und an das herrliche Leben, das ich in Zukunft führen könnte, und diese Gedanken versüßten mir den bitteren Geschmack meiner Lippen und erfüllten mich mit Jubel. Schließlich und endlich hatte ich es geschafft. Das Kreuz von Eldorado gehörte mir!

»Wir haben Gesellschaft«, sagte Rasul in diesem Moment.

Ich hob den Blick und kippte beinahe um, als ich acht Männer sah, die sich uns vom Haus aus näherten. Dann beruhigte ich mich ein wenig, als ich bemerkte, dass Pater Buenaventura die Gruppe anführte, nur um gleich wieder einen Schreck zu bekommen, als ich entdeckte, dass Don Luis Obando und sechs Einwohner von Uiraracu bei ihm waren.

Hastig stellte ich mich zwischen die Neuankömmlinge und das Kreuz, als könnte ich es so verbergen.

»Hallo ...«, sagte ich mit einem einfältigen Lächeln. »Was für eine Überraschung ...«

»Guten Tag, Jaime«, begrüßte mich Pater Buenaventura. »Ich sehe, du hast gefunden, was du gesucht hast.«

Nun, was sollte ich denn machen? Da lag das Kreuz und es war viel zu auffällig, um es zu leugnen. Ich schluckte und nickte mit dem Kopf. Don Luis trat ein paar Schritte vor, betrachtete uns mit seinem starren Blick und sagte: »Bis zu eurer Ankunft in Uiraracu glaubten wir, der Mann, der uns das Kreuz stahl, habe es bereits vor langer Zeit verkauft. Daher stellten wir eines aus Holz in die Höhle des Spaniers, in Erinnerung an das Kreuz, das man uns gestohlen hatte.«

»Und auch, um Fremde hinters Licht zu führen«, bemerkte Antonia mit gerunzelter Stirn.

»Wir wollten nur, dass sie uns in Frieden ließen.« Don Luis machte eine Pause, bevor er fortfuhr: »Ich hörte euch während der Reise darüber sprechen und begriff, dass es noch eine Hoffnung gab, das Kreuz zurückzugewinnen. Daher sind wir euch bis hierher gefolgt, als ihr unser Land verlassen habt. Das Kreuz von Eldorado gehört uns. Es wurde uns geraubt und wir wollen es wiederhaben.« Er fuhr mit einer Hand zum Griff der Machete, die er am Gürtel trug. »Wenn ihr euch widersetzt«, fügte er hinzu, »werden wir darum kämpfen.«

»Nichts da!«, rief Antonia aus. »Ich stamme in direkter Linie von Don Íñigo de Saavedra ab, daher gehört das Kreuz zu meinem Erbe ...«

»Bitte«, unterbrach ich sie, dieser alten Leier überdrüssig, »fang nicht wieder damit an.«

»Aber es stimmt«, protestierte sie. »Ich habe Papiere, die das beweisen ...«

»Demnach«, unterbrach Pater Buenaventura sie, »war dein Ahn ein Dieb, Mädchen. Saavedra raubte den Vorfahren dieser Indios das Gold und die Smaragde, die anschließend dazu dienten, dieses Kreuz zu fertigen. Und dann kam viele Jahre später Tadeo Guevara, beraubte sie ebenfalls und tötete ihre Leute.« Er seufzte. »Dieses Volk hat viel gelitten – nur wegen einer Legende. Lasst sie mitnehmen, was ihnen gehört.«

Mir schwirrte der Kopf. Ich fühlte mich völlig überrumpelt und wusste nicht, was ich tun sollte. Plötzlich hatte ich eine glänzende Idee.

»Schließen wir einen Kompromiss«, sagte ich. »Wir verkaufen das Kreuz. Der Erlös, den wir dabei erzielen, ist zur Hälfte für sie und zur Hälfte für uns.«

Pater Buenaventura schüttelte langsam den Kopf.

»Du verstehst es immer noch nicht, Jaime. Sie erheben nicht Anspruch darauf, das Kreuz wegen seines Werts zurückzuerhalten. Sie wollen es zurück, weil sie es verehren, weil sie an das glauben, was es darstellt. Sie wollen weder sein Gold einschmelzen, noch die Smaragde herausreißen. Sie wünschen sich, es nach Uiraracu zurückbringen zu können, an den Ort, den es niemals hätte verlassen dürfen. Diese Männer sind zu mir gekommen, damit ich mich für sie verwende. Gestatte ihnen, das Kreuz mitzunehmen, Jaime, ich bitte dich.«

Nun gut, hier stand ich also, von Zweifeln geplagt und

im Mittelpunkt aller Blicke. Die Indios, der Geistliche, mein Vater, Rasul, Antonia, alle schienen an meinen Lippen zu hängen. Aber mir war schwindelig und ich war völlig durcheinander und wusste nicht, welche Entscheidung ich treffen sollte.

Ich versuchte mich zu beruhigen, zu denken, meinen Kopf klar zu bekommen. Dann stellte ich mir eine Frage: Weshalb hatte Tadeo Guevara mir die Bibel übergeben, samt dem Schlüssel, der zum Kreuz führte? Weil ich ihn eines Nachts, gab ich mir selbst zur Antwort, vor einer Tracht Prügel gerettet und ihm ein bisschen Geld geschenkt hatte. Daher hatte er mich ausgewählt, um für ihn Buße zu tun. Verstohlen brachte ich ein lustloses Lachen zu Stande. Der alte Tadeo musste ziemlich verzweifelt gewesen sein, wenn er geglaubt hatte, ich wäre die reinste Seele, die er finden würde.

Ich fasste die Indios ins Auge. Sie waren entschlossen zu kämpfen, um das Kreuz wiederzuerlangen, hatte Don Luis gesagt. Ich sah Rasul an. Er hielt sich regungslos, angespannt, die Hände sehr dicht an der Stelle, wo er seine Pistolen verwahrte. Ich wusste, wenn die Indios uns angriffen, konnte Rasul ihrem Leben ein Ende bereiten, bevor sie es schafften, uns auch nur einen Kratzer zuzufügen. Wollte ich das etwa?

Nein, meine Freunde; ich bin ein Gauner, aber keiner von dieser Sorte.

»Einverstanden«, stimmte ich mit einem Seufzer zu. »Sie sollen es mitnehmen.«

»Bravo, Junge!«, rief mein Vater. »Ich habe nichts anderes von dir erwartet!«

Antonia warf uns einen entsetzten Blick zu.

»Seid ihr vollkommen verrückt geworden?« Sie wandte

sich an Ali Akbar. »Hindere sie daran, Rasul, das Kreuz gehört uns, wir haben es gefunden!«

Rasul machte sich keine Mühe, darauf zu antworten. Ich glaube, auch er war mit meiner Entscheidung zufrieden.

»Ich bin die Erbin von Saavedra ...«, beharrte Antonia, schon fast nicht mehr in der Lage, sich zu widersetzen.

»Hör schon auf«, sagte ich müde. »Sie haben Recht, das Kreuz gehört ihnen.«

Einer der Indios ging einen Lastkarren holen, der von einem klapprigen Maultier gezogen wurde. Als er zurückkam, hoben seine Stammesgenossen die Holzkiste, in der das Kreuz lag, unter großer Anstrengung hoch und legten sie auf den Karren. Dann näherte sich mir Pater Buenaventura mit einem seligen Lächeln auf den Lippen.

»Du hast gut gehandelt, mein Sohn«, sagte er. »Ich glaube, du hast endlich verstanden, dass noch eine andere Gerechtigkeit existiert ...«

»Einen Moment, Pater«, unterbrach ich ihn mürrisch. »Ich weiß, dass ich tue, was ich tun muss, aber das heißt nicht, dass mir das gefällt. Noch vor einem Augenblick war ich Millionär und jetzt stehe ich ohne einen einzigen Centavo da. Einverstanden, ich akzeptiere das. Aber wenn Sie mir jetzt eine Predigt halten, Pater, schwöre ich Ihnen, dass ich Sie auf der Stelle erwürge.«

Der Priester fing an zu lachen.

»Wie du willst, Jaime. Ich werde den Mund halten.«

Kurz und gut, liebe Freunde, möglicherweise war ich in diesem Moment ein Beispiel der Rechtschaffenheit, aber das machte mich nicht gerade besonders glücklich. Tatsächlich fühlte ich mich, als hätte man mir ohne Narkose einen Backenzahn herausgerissen.

Niedergeschlagen beobachtete ich, wie die Indios das Kreuz auf dem Karren befestigten. Anschließend nahmen sie den Holzdeckel, der auf dem Boden lag, und schickten sich an, die Kiste zu schließen, als Don Luis die Arbeit unterbrach, sich zu mir umdrehte und mich mit einer Geste heranwinkte.

Ich trat näher. Da griff er nach seiner Machete, beugte sich über das Kreuz, und mit Hilfe der Schneide löste er einen der Smaragde. Immer noch wortlos legte er ihn in meine Hand. Mit offenem Mund betrachtete ich den grünlichen Kristall von der Größe eines Hühnereis. Die Indios schlossen inzwischen die Kiste und legten mehrere Alpacadecken darüber. Gleich danach begannen sie sich in völligem Schweigen zu entfernen. Pater Buenaventura verabschiedete sich von uns mit einem Segen und schloss sich dem Zug an.

Ich unterdrückte ein Stöhnen. Da ging es hin, das Kreuz von Eldorado, und mit ihm meine Träume. Auf Wiedersehen, Ruhm, auf Wiedersehen, Vermögen ... Kaum eine Minute später verschwanden Karren, Indios und Geistlicher hinter Guevaras Haus. Ich kehrte zu Rasul, Antonia und meinem Vater zurück und zeigte ihnen den Smaragd.

»Den hat mir Don Luis gegeben«, sagte ich lächelnd.

Mein Vater brachte sein einziges Auge näher an den wertvollen Stein heran.

»Er ist sehr rein«, bemerkte er.

»Und groß«, fügte Rasul hinzu.

Antonia, einen untröstlichen Ausdruck im Gesicht, sagte gar nichts.

»Nimm es dir nicht so zu Herzen«, versuchte ich sie aufzumuntern. »Sobald wir diesen Smaragd verkauft haben, holen wir das Geld, das wir in die Expedition gesteckt haben, mit Zinseszins wieder herein.«

»Ja ...« Antonia stieß ein Schluchzen aus. »Aber am Kreuz waren noch viel mehr davon ...«

Und sie brach in jämmerliches Weinen aus. Mein Vater, ganz Kavalier, legte einen Arm um sie, streichelte ihr sanft die Schulter und versuchte sie zu trösten.

»Aber, aber, Señorita Saavedra, beruhigen Sie sich. Sie sind jung und das Leben wird Ihnen noch viele Möglichkeiten bieten.«

»Natürlich ...«, wimmerte Antonia. »Man findet ja auch jeden Tag einen solchen Schatz ...«

Ich verwahrte den Smaragd in der Hosentasche und wartete darauf, dass der Weinkrampf vorüberging, was nicht lange dauerte, denn jene junge Frau, das muss man gerechterweise zugeben, war keine Freundin der Tränen. Antonia zog die Nase hoch, holte ihre Tasche, entnahm ihr einen winzigen Spiegel und begann, ihre Schminke nachzubessern. Als die Harmonie ihres Gesichts wiederhergestellt war, kehrte sie zu uns zurück und verkündete: »Ich gehe, meine Herren. Wenn ich mich beeile, erreiche ich Barranquilla noch vor Anbruch der Nacht.«

»Und der Smaragd?«, fragte ich. »Ich nehme an, du willst deinen Anteil.«

»Ich lasse euch meine Adresse zukommen, dann könnt

ihr mir das Geld schicken.« Antonia lächelte ironisch. »Wahrscheinlich gehe ich kein großes Risiko ein, wenn ich drei Idioten vertraue, die in der Lage sind, ein paar Indios ein Vermögen zu schenken.« Sie nahm die Haltung einer affektierten Dame ein. »Meine Herren, wie sagt man in Frankreich: *Au revoir.*«

Mein Vater küsste ihr galant wie ein Marquis die Hand. Rasul erlaubte immerhin, dass sie ihn auf die Wange küsste. Dann kam Antonia zu mir, nahm mich am Arm und sagte: »Begleite mich bitte zu meinem Pferd, Jaime.«

Diskret zogen sich mein Vater und Rasul zurück und sammelten das Werkzeug ein, während Antonia und ich langsam und schweigend zur Vorderseite des Hauses gingen, wo sich die Pferde befanden. Als wir dort ankamen, blieb Antonia stehen und sah mich fest an.

»Der Moment des Abschiednehmens ist gekommen«, sagte sie mit weicher Stimme. »Aber ich wollte nicht weggehen, ohne dir etwas zu sagen: Du bist ein ganzer Mann, Jaime. Tapfer, liebenswürdig und draufgängerisch. Ich möchte, dass du weißt, wie sehr ich dich während dieser Zeit, die wir zusammen verbracht haben, allmählich schätzen gelernt habe ...«

Ihre halb geöffneten großen, tiefgründigen und dunklen Augen sahen mich lieblich an, und dann näherte sie sich mir, drückte ihre Lippen auf meine und ... Nun gut, Freunde, es ist ja nicht so, als wäre ich vollkommen unschuldig auf diesem Gebiet gewesen. Ich hatte in Cartagena mit mehr als einem Mädchen geturtelt und es war nicht das erste Mal, dass ich geküsst wurde.

Aber so hatte es noch keine getan.

Ich spürte, wie Antonias Körper sich an mich schmiegte und wie ihre Hände mich streichelten. Ich spürte meine Hände an ihrer Taille und nahm ihre Wärme war, ihr Parfüm, ich empfand den süßen Geschmack ihrer Lippen und wurde von einem angenehmen Gefühl der Schwäche heimgesucht ... Und dann, gerade als in meinem Inneren ein Vulkan zu erwachen begann, löste sie sich von mir, betrachtete mich mit zärtlichen Augen, seufzte und sagte: »Wie schade, dass du nicht fünf Jahre älter bist.« Sie lächelte. »Auf Wiedersehen, Kleiner Jim; es war mir ein Vergnügen, dich kennen zu lernen.«

Dann stieg sie auf ihr Pferd und ritt in leichtem Trab davon. Ich blieb zurück und sah verwirrt und atemlos zu, wie sie sich entfernte, bis ich Schritte hinter mir hörte.

»Mach den Mund wieder zu, Don Juan«, sagte mein Vater schelmisch. »Du machst ein ziemlich dummes Gesicht.«

Ich brachte meinen Gesichtsausdruck wieder in Ordnung, räusperte mich, richtete meine Kleidung und wandte den Blick erneut auf die ferne Gestalt Antonias.

»Sie ist eine großartige Frau«, murmelte ich verträumt.

»Sie ist gefährlich«, widersprach Rasul. »Sie zieht die Probleme fast so an wie du.«

»Gehen wir?«, schlug mein Vater vor und reckte sich. »Mein Rücken ist von der ganzen Graberei wie gerädert und ich sehne mich nach einem guten Lehnsessel.«

Wie stiegen auf die Pferde und machten uns auf den Heimweg. In uns gekehrt und zugeknöpft ritten wir dahin und wechselten fast kein Wort. Wir wirkten nicht sehr munter, aber immer, wenn ich die Ausbuchtung des Smaragds in meiner Hosentasche bemerkte, überkam mich eine Spur von Optimismus, das kann ich nicht leugnen.

Kaum eine Viertelstunde später kamen wir zu Hause an. Napoleón kümmerte sich um unsere Pferde und mein Vater bat Yocasta, uns ein Minzgetränk zuzubereiten. Dann gingen wir ins Wohnzimmer und ließen uns in die Sessel plumpsen.

Ich schloss die Augen. Ich war müde und schmutzig, aber ich hatte keine Lust mich zu bewegen. Ein Sonnenstrahl fiel durchs Fenster und streichelte mein Gesicht. Ich hätte auf der Stelle einschlafen können, obwohl es noch sehr früh war. Aber mein Vater riss mich aus der süßen Benommenheit, die mich überkam, und sagte: »Jaime, mein Sohn, zeig mir doch noch einmal diesen wunderbaren grünen Kristall.«

Ich schob die Hand in die Hosentasche, zog den Smaragd heraus und streckte ihn meinem Vater entgegen. Da fiel mir etwas auf: Das, was ich in der Hand hielt, war kein Smaragd, sondern ein Stein.

Ich riss die Augen auf. Ja, kein Zweifel, er hatte mehr oder weniger dieselbe Form und Größe wie der Smaragd, aber es war ein verfluchter Stein ohne jeglichen Wert. Fassungslos sprang ich auf, begann in meinen Taschen zu wühlen und tastete meine Kleidung ab. Aber der Smaragd war verschwunden.

»Ist etwas, Jaime?«, fragte mein Vater.

Da begriff ich alles. Ich dachte, ich würde sterben.

»Der Smaragd ...!«, rief ich verzweifelt aus. »Antonia ...!«

»Wie bitte?«

Ich war so geschockt, dass ich kaum ein Wort herausbrachte.

»Als sie mich geküsst hat ...«, murmelte ich. »Ich habe es nicht bemerkt ... Sie hat ihn mitgenommen ...«

Rasul beugte sich zu mir herüber und starrte mich an.

»Antonia hat dir den Smaragd gestohlen?«, fragte er ungläubig.

»Ja ...«

»Und sie hat ihn dir abgenommen, als sie dich küsste?«

»Ja ...«

Da geschah etwas Unglaubliches. Ein paar Sekunden lang verharrte Rasul unbeweglich, die Brauen hochgezogen und die Augen fest auf mich gerichtet. Dann plötzlich krümmten sich seine Mundwinkel nach oben ... Und er brach in Gelächter aus!

Könnt ihr euch das vorstellen, meine Freunde? Ich kannte Rasul seit drei Jahren und während dieser gesamten Zeit hatte ich niemals auch nur das winzigste Lächeln an ihm gesehen. Er war doch verdammt noch mal immer ernster als ein Begräbnis! Und ausgerechnet jetzt, wo uns eine rücksichtslose Frau unseren einzigen Besitz geraubt hatte, saß dieser geheimnisvolle arabische Krieger da, dieser unerschütterliche Mann der Tat, hielt sich den Bauch, krümmte sich und lachte sich kaputt.

»Sie hat dir den Smaragd gestohlen ...!«, brachte er zwischen zwei Lachanfällen hervor und fügte hinzu, die Augen voller Tränen: »Als sie dich geküsst hat ...!«

»Aber wir müssen doch etwas unternehmen!«, rief ich verzweifelt. »Wir müssen den Smaragd zurückholen!«

»Weiß der Himmel, wo Antonia jetzt ist«, sagte mein Vater. »Gib es auf, Jaime. Man muss solche Schläge elegant einstecken können.«

»Ich pfeife auf die Eleganz! Diese verdammte Diebin hat uns bestohlen!«

Mein Vater hob eine Augenbraue.

»Vor wenigen Minuten war sie noch eine großartige Frau und jetzt ist sie eine verdammte Diebin? Komm, Jaime, weder das eine noch das andere ist ganz richtig. Außerdem – vielleicht stimmt es ja, dass Antonia von Saavedra abstammt. Und in diesem Fall hätte sie mehr Recht auf den Smaragd als wir.«

Diese Bemerkung musste Rasul sehr lustig gefunden haben, denn er fing an, mit den Füßen auf den Boden zu trommeln, während er sich unter schallendem Gelächter auf dem Sessel wand.

»Dein arabischer Freund hat Humor«, bemerkte mein Vater.

»Ja«, antwortete ich und ließ mich in den Sessel fallen. »Er ist geradezu ein Ausbund an Fröhlichkeit ...«

»Na los, Jaime, Kopf hoch.« Mein Vater lehnte sich in seinem Sessel zurück. »Schau mal, ich habe noch mal über die Sache mit dem Kreuz von Eldorado und den Geheimbotschaften nachgedacht und dabei ist mir ein alter Gaunertrick wieder eingefallen, der mit der falschen Schatzkarte, den sie hier vielleicht noch nicht kennen. Wir müssten einen leichtgläubigen und natürlich reichen Reisenden finden …«

Ich war zu niedergeschlagen, um ihm weiter Aufmerksamkeit zu schenken, und versank in meinen schwarzen Gedanken. In diesem Moment trat Yocasta ein, die drei Minzgetränke auf einem Tablett, und trällerte ein fröhliches Lied, während ihr dicker plumper Leib dem Rhythmus folgte. Ich wandte den Blick und betrachtete Rasul Ali Akbar, den Furcht erregenden Syrer, der sich immer noch vor Lachen bog. Dann sah ich zu meinem Vater hinüber. Da saß er mit dieser Piratenklappe und plante fröhlich eines seiner undurchsichtigen Geschäfte.

Kurz und gut, Freunde, was sollte ich denn machen? Wahrscheinlich war es das Beste, sich mit einem Lächeln zurückzulehnen.

Und genau das tat ich.

Der Weg zum Kreuz von Eldorado

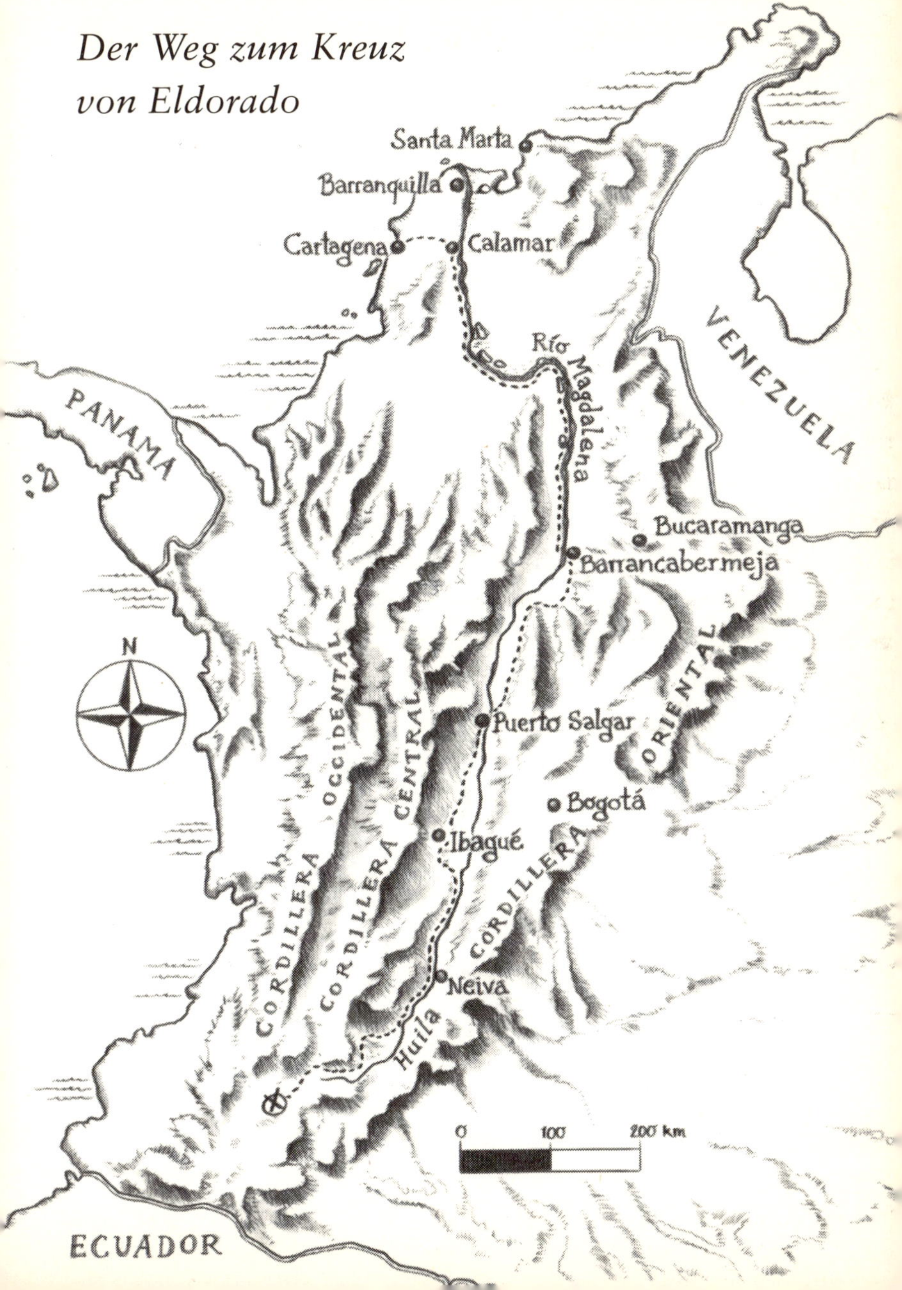

Anmerkung des Autors

Die Legende von Eldorado, von der im Text die Rede ist, gibt es wirklich und sie war einer der großen Mythen, die die Erkundungen der Europäer auf amerikanischem Boden während des 16. und 17. Jahrhunderts antrieben. Auch die Expedition des Gonzalo Jiménez de Quesada, auf die im fünften Kapitel Bezug genommen wird, ist historisch bezeugt und ihr Verlauf stimmt im Großen und Ganzen mit dem überein, was in der Erzählung dargestellt wird. Dahingegen entspringen sowohl die Legende vom Kreuz von Eldorado, als auch die Expedition Íñigo de Saavedras ausschließlich der Fantasie des Autors.

C. M.

Gemeinsam sind wir stark

Rodman Philbrick
Das letzte Buch des Universums
Ein Erdbeben zerstört die Welt Urb. Die Menschen leben in Armut, außer den Bewohnern von Eden. Dorthin führt der Weg des 14-jährigen Spast, der hofft, dort Hilfe für seine kranke Schwester zu bekommen.
ISBN 3-473-**58206**-9

Rodman Philbrick
Freak
Die wunderbare Geschichte einer Freundschaft von zwei ganz besonderen Außenseitern, Kevin und Max. Durch die Kraft des einen und den Verstand des anderen bilden sie ein unschlagbares Team.
ISBN 3-473-**58147**-X

Verfilmt als »The Mighty« mit Kieran Culkin und Sharon Stone.